Le maître-chêne

danielle martinigol

le maître-chêne

aventures à guédelon

actusf

Aventures à Guédelon,
une collection dirigée par Danielle Martinigol.

Retrouvez-nous sur :

Le blog :
aventuresaguedelon.com

Facebook :
https://www.facebook.com/Aventuresaguedelon

Illustrations intérieures : Elvire De Cock

45, chemin du Peney, 73000 Chambéry
www.editions-actusf.fr
ISBN : 978-2-36629-806-2

1

21e siècle, mois de septembre

Dans la forêt de Guédelon, Timothée et Pierre-Éloi attendent avec impatience l'abattage d'un grand chêne. Derrière des cordes qui délimitent la zone où l'arbre va tomber, les jumeaux ne perdent rien du spectacle. Près de leur père, le gardien du chantier médiéval, ils regardent Jeffrey, un bûcheron venu du Québec, donner un dernier coup de cognée[1] dans l'entaille du tronc. Le jeune homme lance alors un avertissement.

— Timber ! crie-t-il.

Le mot étonne les jumeaux.

— Pourquoi « timebeur » ? demande Pierre-Éloi.

— On dirait de l'anglais, ajoute Timothée.

---

[1] Lexique des mots rares p. 159-161.

— Exact, répond leur père. « Timber » est une mise en garde des bûcherons canadiens. Quand on entend ce mot, il vaut mieux fuir le danger. Regardez !

Dans un craquement sinistre, le tronc se casse et l'arbre s'abat sur le sol. Les jumeaux et leur père sentent sous leurs pieds l'onde de choc du géant. Dans la poussière au-dessus de la feuillure, des oiseaux piaillent en s'enfuyant.

— Waouh ! s'exclame Pierre-Éloi, aucun autre arbre n'est touché. Jeffrey a super bien calculé son coup !

— Dommage que ce soit déjà fini, murmure Timothée.

Fabrice Rudari regarde ses fils. Mis à part leurs parents, peu de gens réussissent à distinguer les jumeaux. Pourtant, côté tempérament, ils sont à l'opposé l'un de l'autre. Pierre-Éloi est fonceur, doué en informatique, ce qui lui vaut son surnom de Pierrel pour Pierre-Électronique, tandis que Timothée – Tim pour tout le monde – est un incorrigible romantique, sentimental sans le vouloir. Fabrice a un petit rire en posant ses mains sur leurs épaules.

— Jeffrey sait manier sa hache, dit-il. Bien entailler un tronc ne s'improvise pas. Si je vous ai amenés ici avec moi un dimanche matin, c'est pour que vous constatiez qu'un arbre cède sa place vite et bien sous les coups d'un bon bûcheron. Souvenez-vous de ce que Jeffrey vous a dit le jour où vous lui avez demandé de quoi il aurait besoin pour construire les charpentes du château…

— De sa hache ! répond Pierrel.

— Et d'une scie aussi, ajoute Tim.

— Exact, approuve leur père. Abattre, équarrir, scier… tous les hommes qui travaillent le bois font les mêmes gestes depuis le Moyen Âge. Nous en sommes la preuve vivante à Guédelon.

— Ohé, les copains, je suis là !

Une voix de fille retentit dans le calme revenu de la forêt. Najoie, la meilleure amie des jumeaux, arrive au pas de course, à bout de souffle. Fabrice s'éloigne en direction de Jeffrey et des autres bûcherons présents pour laisser les trois inséparables se retrouver.

— Pourquoi tu es en retard ? bougonne Pierrel en se plantant face à elle les poings sur les hanches. À cause de toi, on a failli louper l'abattage. On t'a attendue jusqu'au dernier moment.

Tim s'interpose entre son jumeau et Najoie. Le manque de patience de Pierrel à son égard est mal venu. Il est évident que leur copine ne va pas bien. Son visage est rouge d'avoir couru, mais sa tête n'est pas gaie du tout.

— Qu'est-ce qui t'arrive ? Tu as des soucis ? demande Tim.

— Y a de quoi ! répond Najoie nerveusement. Une cousine de ma mère qui vit près de Paris a téléphoné pour prévenir que la classe de sa fille vient à Guédelon.

— Et alors ? Où est le problème ? grogne Pierrel. Des dizaines de classes passent ici chaque année. Une de plus, une de moins…

— Ma mère veut que je m'occupe d'elle.

— De la classe ? s'étonne Tim.

Najoie fait un geste d'agacement.

— Mais non. De la fille ! Elle s'appelle Nouranne.

Après un silence, elle serre les poings et ajoute :

— C'est une horreur. Je la déteste. Un jour, elle a failli m'assommer.

Tim et Pierrel vont pour demander plus d'explications quand des cris retentissent près de la souche du grand chêne. Jeffrey lance une bordée de jurons à la manière de son pays :

— Calice ! Hostie ! Maudit niaiseux !

— Allons voir ce qui se passe, dit Tim en se mettant en marche.

Au passage, il arrache un ruban balise près de la zone d'abattage et le glisse dans sa poche pour le jeter plus tard. À la queue leu leu, les trois copains contournent le houppier, l'énorme masse de branches écrasées au sol. En arrivant au pied du géant abattu, ils découvrent avec effroi qu'un des bûcherons a une profonde entaille à la cuisse. Du sang coule de son pantalon déchiré. Impressionné, le trio reste à l'écart. Les adultes agissent. Jean-Benoît Laur, le responsable de tout ce qui concerne le bois à Guédelon, examine le blessé tandis que Fabrice appelle des secours avec son talkie-walkie.

Jeffrey rejoint les adolescents.

— Qu'est-ce qui s'est passé ? demande Pierrel.

Le Québécois tend le doigt en direction du tronc de l'arbre.

— Greg et moi on utilisait à deux une scie passe-partout pour égaliser la coupe quand on est tombé sur ce truc !

Le bûcheron montre une trace sombre au milieu des ronds de croissance de l'arbre. Il y a quelque chose dans l'épaisseur du bois. Les jumeaux et Najoie se penchent.

— C'est quoi ? demande Pierrel.

— Une tige de fer ! Notre scie a explosé en l'atteignant et Greg a reçu la lame dans la cuisse.

Jean-Benoît, surnommé Jean-Bois par tous ceux qui travaillent avec lui, oblige Greg à s'asseoir sur la souche.

— L'entaille est profonde, dit-il, mais heureusement la lame n'a touché que ton muscle.

— C'est de ma faute, se lamente Jeffrey.

— Tu n'y es pour rien ! rétorque Greg en se tournant vers son ami. J'en ai vu d'autres.

— Arrête de bouger ! ordonne Jean-Bois en épongeant le sang pour compresser la plaie avec des morceaux de tissu qu'un des bûcherons a déchirés en hâte de sa chemise.

Un véhicule tout terrain arrive sur les chapeaux de roues par l'allée forestière. Damien Faucre, le maître d'œuvre de Guédelon, est au volant.

— On y va ! ordonne Jean-Bois à Greg en nouant une dernière bande de tissu autour de sa jambe. Direction les urgences pour des points de suture. Je pars avec toi.

Pendant que le blessé est soutenu jusqu'au 4x4 par Fabrice, Jean-Bois s'adresse à ses hommes immobiles autour du chêne abattu.

— C'est fini pour ce matin, les gars ! Retournez au château. Et toi, Jeffrey, retire-moi cette tige du tronc. Si je tenais le fou qui a mis ce piège dans l'arbre…

Il rejoint le blessé sur le siège arrière et aussitôt le maître d'œuvre démarre en direction de la route qui longe la forêt. Une fois le silence revenu, les œuvriers rassemblent leurs outils et quittent les lieux. La sonnerie du talkie-walkie de Fabrice fait sursauter Najoie. Le gardien lui fait signe d'attendre avec ses fils pendant qu'il s'écarte pour écouter son correspondant.

— Je vais sortir cette saleté de tige du tronc, dit Jeffrey.

Les jumeaux et Najoie le regardent dégager le morceau de fer à l'aide d'un ciseau et d'une herminette.

— Ce bout de métal est là depuis combien de temps ? demande Pierrel.

— Deux siècles au moins, répond le Québécois.

— Deux siècles ? répète Tim. Si longtemps que ça ?

— Oui. Quelqu'un l'a planté dans ce chêne quand l'arbre était jeune. L'aubier puis le duramen se sont construits autour, patiemment, année après année, décennie après décennie.

Le bûcheron retire la tige et l'examine après l'avoir essuyée. Il s'exclame alors avec son accent unique :

— Coudonc ! Tabernacle ! Si je m'attendais à ça… Venez voir les jeunes. Des mots sont gravés dans le métal. Cette tige est un message caché !

Les jumeaux crient « Waouh ! » Voilà qui leur plaît ! Un message vieux de deux siècles enfoui dans le tronc d'un chêne… quoi de mieux pour aiguiser leur curiosité ?

2

Au moment où le grand chêne s'abat sous les derniers coups de Jeffrey, un professeur d'histoire, très précisément celui de la classe de Nouranne, la cousine de Najoie, s'immobilise avec ses élèves à l'arrière du logis seigneurial.

Devant l'entrée de la poterne, l'enseignant montre le panneau reproduisant la silhouette du château de Guédelon peinte en vert.

— Nous avons le droit de passer dans ce sens-là. Vous avez tous compris ?

— Oui, m'sieur ! répond une fille. Vert : sens de la visite, rouge : interdit.

— Parfait. Attendez-moi en haut de l'escalier ! ordonne le prof.

Les élèves s'engagent les uns derrière les autres dans l'étroite entrée pour monter vers la cour du château. Des adultes accompagnateurs ferment la marche.

— Tout le monde est là ? demande le prof dans l'ombre de l'escalier.

— Oui ! répondent des voix en chœur.

— Même Baptiste Chatard toujours en retard ?

— Bébé Chatard va arriver, M'sieur. Sûrement avec sa Nounou.

Des rires résonnent. Baptiste et Nouranne ne se quittent plus depuis le projet de séjour en Puisaye pour la classe médiévale et les blagues idiotes vont bon train. Personne ne comprend ce qui rapproche ces deux-là.

En bas de l'escalier, Nouranne et Baptiste entendent leurs camarades baver sur leur compte. Mais ils s'en fichent éperdument. Entre eux, c'est clair. Nouranne protège Baptiste, Baptiste aide Nouranne. Un point, c'est tout. Ils ont l'habitude qu'on se moque d'eux. Elle parce qu'elle est très grande, avec une voix puissante, et lui parce qu'il a l'air d'un perpétuel paumé. Avec ses cheveux longs et sa passion pour le dessin, Baptiste affiche son côté artiste décalé. Pourquoi toujours se fondre dans la masse ?

Les deux copains restent immobiles, cachés près de l'entrée de la poterne. Quand la classe et leurs accompagnateurs sont arrivés en haut, Baptiste se tourne vers Nouranne et murmure :

— À nous maintenant. On va rejoindre la cour du château, tranquilles peinards, puisqu'on est… toujours, en retard !

Il rit. Nouranne en fait autant et s'engage derrière lui dans l'escalier en chantonnant :

— Château, Chatard, toujours en retard.

Puis, spontanément, sans savoir vraiment pourquoi, elle modifie sa petite ritournelle et dit :

— Chat tôt, chat tard, reviens, repars.

À peine a-t-elle prononcé ces mots qu'un reflet lumineux brille dans l'ombre de l'escalier. Mais ni elle ni Baptiste ne s'en inquiètent, pas plus qu'ils ne s'attardent devant une niche creusée dans le mur au niveau de la troisième marche. Pourtant, dans cet espace rectangulaire, alors que rien ne le laissait prévoir, vient d'apparaître un chat qui porte un casque sur la tête !

*

— Attends-nous Papa ! crie Tim.

Mais Fabrice Rudari ne ralentit pas. Il continue ses longues enjambées pour sortir au plus vite de la forêt et rejoindre l'entrée du château. Là-bas, Marie-Lou, une jeune femme de l'accueil, a besoin de lui pour régler un problème. Elle a appelé le gardien sur son talkie-walkie et Fabrice a répondu qu'il arrivait le plus vite possible.

Derrière lui, les jumeaux et Najoie suivent tout en discutant avec Jeffrey. En portant ses outils, le bûcheron quitte le lieu d'abattage. Plus rien à y faire pour l'instant. Il faudra revenir pour l'élagage et le débardage. Le tronc enchaîné sera tiré par un cheval hors de la forêt.

Le Québécois tourne entre ses doigts la tige de fer gravée. Des rayons de soleil à travers les feuillages font miroiter l'inscription. Les jumeaux se penchent pour regarder. Hélas, le message est incompréhensible, totalement effacé par le temps.

— Dommage, dit Tim. C'est pourtant super comme message un bout de fer gravé dans un tronc. Ça change d'une bouteille à la mer.

— Sauf qu'une bouteille à la mer, réplique Jeffrey en ébouriffant les cheveux blonds de Tim, elle se brise contre la coque d'un bateau ou elle se coince dans un filet de pêche. Des tiges comme celle-là explosent nos scies et provoquent des blessures. J'espère que celle de Greg n'est pas trop grave.

— Tout cela ne sera bientôt qu'un mauvais souvenir, affirme Fabrice en se retournant vers ses fils et le bûcheron.

Jeffrey constate :

— J'en aurai des choses à raconter chez moi. Nos sapins des Laurentides, les épinettes, vivent rarement plus de trente ans. Un chêne de deux cents ans comme celui qu'on vient d'abattre donnera une poutre pour la tour maîtresse qui durera trois ou quatre siècles !

— Oui, mais on ne sera plus là pour vérifier si elle tient encore, dit Pierrel. En attendant, on va suivre toutes les étapes de la construction des charpentes en poivrière, c'est super !

— Il sera beau notre château fort avec ses toits pointus, ajoute Tim.

— Votre château ? répète son père. Tu te prends pour le seigneur de Guédelon, Tim ?

— Nous habitons ici, réplique le garçon blond. C'est tout de même un peu chez nous, non ?

— Tu as raison, dit Jeffrey, ce château est le vôtre puisque vous grandissez avec lui.

— Guédelon est né avant nous, précise Tim.

— Et quand il sera fini, on sera des hommes ! achève son frère.

Fabrice et Jeffrey rient en voyant les jumeaux bomber le torse comme des coqs.

Najoie, elle, soupire en levant les yeux au ciel. Ah les garçons ! Quand ils se prennent pour des super héros, qu'est-ce qu'ils deviennent lourds !

La mine toujours sombre, elle n'arrive pas à partager l'intérêt de ses copains pour les futurs toits pointus du château. Voyant cela, les jumeaux se rapprochent tandis que Fabrice discute avec Jeffrey.

— Si tu nous reparlais un peu de ta fameuse cousine Nouranne ? propose Tim.

— Je ne l'ai rencontrée qu'une fois chez elle. Je sais à peine quelle tête elle a. Juste qu'elle est grande et…

— Brune aux cheveux frisés comme toi, achève Pierrel en riant.

Najoie hausse les épaules en retrouvant son sourire. Elle est d'origine marocaine. Il est évident que toute sa famille a la peau mate des personnes d'Afrique du Nord. Les jumeaux connaissent bien son grand frère, Abad, qui est forgeron à Guédelon. Ils ont également souvent rencontré les parents de leur amie qui va au même collège qu'eux à Saint-Fargeau, la ville proche de Guédelon.

— Si elle vient plusieurs jours, ta Nouranne, c'est donc pour une classe médiévale, constate Pierrel. Ses copains et elle participeront à d'autres visites dans la région.

— Oui, mais aussi aux ateliers taille de pierre et géométrie ici ! bougonne Najoie.

— Nous, on sera en cours à Saint-Fargeau, dit Tim. Tu ne l'auras pas sur le dos, cette fille.

Najoie se frappe le front du plat de la main.

— Zut ! s'exclame-t-elle. Avec l'accident de Greg, j'ai oublié...

— Quoi encore ? s'inquiète Pierrel avec une grimace.

— Ma mère qui est représentante des parents d'élèves comme la vôtre...

Les jumeaux font une moue qui en dit long. Pas drôle d'avoir sa famille en contact permanent avec les profs.

— Elle a reçu tout à l'heure un coup de téléphone du collège, comme tous les autres délégués.

— Un dimanche ? s'étonne Pierrel.

— Oui. Y a un problème de canalisation d'eau à la cantine. Ils vont ouvrir une tranchée à travers la cour. Du coup le collège est fermé jusqu'à mercredi.

— Chouette ! s'exclament les jumeaux.

— Sauf que nos chères mères se sont appelées et mises d'accord sur un programme spécial.

— Un programme « spécial » ? répète Tim sur le ton du garçon qui craint le pire.

— Vous et moi, nous devons passer le plus de temps possible sur le chantier avec la classe de Nouranne.

Les jumeaux se regardent en pensant la même chose. Plutôt sympa de rester à Guédelon les jours suivants. Mieux vaut ça que des révisions de maths ou de français comme leur mère sait en concocter.

— Ça va peut-être bien se passer avec ces Parisiens, suggère Tim.

— Aucune chance avec Nouranne, rétorque Najoie. La seule et unique fois où je l'ai vue, elle m'a allongé une baffe qui m'a mise à moitié KO. J'avais osé toucher la manette de sa console de jeux sans lui demander l'autorisation. Je parie que ses copains sont tous du même style.

— Et ils arrivent quand tes boloss ? interroge Pierrel de moins en moins tenté par la rencontre avec une fille style robocop.

— Aujourd'hui.

— Un dimanche ? s'exclame Tim à son tour.

— Ils sont partis très tôt ce matin. Normalement, ils sont déjà là en train de visiter le château.

Les jumeaux font la moue. Finalement, rester des heures devant des devoirs de maths ou les accords du participe passé semblerait presque plus fun comme disent les Québécois.

3

Le talkie-walkie de Fabrice résonne à nouveau. Jeffrey, Najoie et les jumeaux se taisent sachant qu'il n'est appelé que pour des urgences. Quand il se remet en marche, il bougonne :

— Même pas onze heures du matin et le problème signalé par Marie-Lou semble plus grave que prévu.

— Grave comment ? demande Pierrel.

— Deux élèves d'une classe ont disparu. Une fille et un garçon. Leurs profs ne les retrouvent nulle part.

— Ils sont en visite pour la journée ? insiste Pierrel.

— Non. Une classe médiévale venue de la région parisienne. Ils débarquent pour la semaine et dès la première matinée, y en a déjà deux qui fichent le camp. Satanés mômes !

Les jumeaux et Najoie échangent des regards lourds de sens. Chacun d'eux serait prêt à parier que la cousine Nouranne est impliquée dans cette affaire.

Fabrice accélère jusqu'à l'entrée du site avec ses fils et Najoie sur les talons. Des grappes d'élèves chahutent à qui mieux mieux autour de la pauvre Marie-Lou, complètement débordée. Elle est soulagée en voyant arriver le gardien avec Tim, Pierrel et Najoie qu'elle connaît bien.

En découvrant les élèves parisiens, les trois amis sont très surpris. Ils sont tous vêtus de tenues moyenâgeuses. Les filles portent de jolies coiffes blanches et de longues robes de toile. Les garçons ont des biaudes à ceintures de cordes et des braies sombres qui tombent très bas pour cacher leurs baskets. Voilà une classe qui a longuement travaillé sur les vêtements du 13e siècle, l'époque où aurait pu se construire Guédelon.

— Ils sont super chouettes ! admire Tim.

— Ils vont tourner un film, constate Pierrel en désignant deux accompagnateurs du groupe qui portent des caméras, des pieds vidéo et des sacs bourrés de matériel.

— Un beau projet ! approuve Tim. Dis donc, ajoute-t-il en direction de Najoie, si c'est la classe de ta cousine, on pourra peut-être être filmé avec eux ? Ce serait top ! Je vois bien mon nom au générique : avec dans le rôle du seigneur de Guédelon : Timothée Rudari.

— Et moi je te servirais de doublure, je suppose ? ironise son frère.

Entre eux, Najoie ne dit rien. Les yeux fixés sur le groupe, elle examine les visages en cherchant à reconnaître sa cousine. Est-ce bien sa classe ? Elle ne la voit nulle part, même pas parmi ceux à l'écart qui, smartphone en mains, essaient en vain d'avoir du réseau. Ça passe mal à Guédelon.

Immobile près de Marie-Lou, Fabrice écoute le professeur responsable. Après quelques phrases d'explications, l'enseignant déclare que la fille disparue se prénomme Nouranne.

— Nouranne Bensarid, précise-t-il.

Najoie se crispe. C'est bien sa cousine. Le prof ajoute :

— Le garçon s'appelle Baptiste Chatard. Il s'entend bien avec Nouranne qui n'est pourtant pas très... sociable.

— Tu m'étonnes, grogne Najoie entre ses dents. Miss pitbull.

— Chatard est toujours en retard, précise l'un des accompagnateurs. On a cru qu'ils allaient nous rejoindre.

— Vous les avez perdus où ? demande Fabrice.

— À la poterne. Ils n'étaient plus là quand on est arrivés en haut dans la cour, devant le logis du seigneur. Je n'aurais jamais dû l'amener dans ce château, Chatard ! soupire le prof.

En l'entendant prononcer ces mots, Pierrel écarquille les yeux puis se mord les lèvres. D'un coup, il saisit énergiquement les bras de Najoie et de son frère pour les entraîner loin de l'attroupement.

— On s'en va tout de suite ! gronde-t-il sur un ton sans réplique.

Bon gré mal gré, Tim et Najoie obéissent. Le trio s'éloigne.

— Si vous rencontrez les deux paumés, leur crie Fabrice en les voyant partir, ramenez-les à l'accueil.

— OK ! jette Pierrel en réponse.

Un peu plus loin, agacé, Tim libère son bras de la poigne de son frère.

— On peut savoir quelle mouche te pique ?

— On file à la poterne illico ! ordonne Pierrel. Je crois deviner où sont Nouranne et le fameux Chatard après avoir entendu son nom. Cha-tard : insiste Pierrel en détachant bien les deux syllabes.

Najoie s'arrête pile. Elle arrondit la bouche et s'exclame, horrifiée :

— Oh c'est pas vrai ?

— Ça y est, tu as compris ? dit Pierrel.

— Compris quoi ? râle Tim en se tournant alternativement vers eux.

— La formule… murmure Najoie. La formule qui ouvre le passage vers le 13e siècle.

Elle se tord les mains et pâlit comme si elle était sur le point de se trouver mal. En face d'elle, Tim, à son tour, vient de comprendre. Mesurant l'ampleur de la catastrophe, il laisse tomber sa mâchoire de saisissement.

— Ah bravo ! s'exclame-t-il. Vite ! Il faut vérifier si ces deux idiots sont partis.

Ils courent pour contourner le château en longeant la courtine ouest. Au-dessus d'eux s'élève la tour de la chapelle. Elle est de plus en plus haute, lançant jour après jour un défi au ciel. Mais les trois adolescents n'ont pas le temps de l'admirer. Ils ne pensent qu'à une chose : est-ce que l'un des deux fugueurs, Nouranne ou Baptiste, a prononcé sans en comprendre l'enjeu la formule « Chat tôt, chat tard, reviens, repars » ? Si oui, le Chat Casqué est-il venu ouvrir le passage que seuls Najoie, Tim et Pierrel connaissent à Guédelon ? Un passage qui conduit par l'escalier de la poterne vers le passé jusqu'au Moyen Âge…

Quand ils voient le reflet métallique du casque du chat dans la niche de l'escalier, ils savent qu'ils n'ont plus le choix. Eux aussi doivent partir et franchir le Temps pour se rendre dans les années 1200 ! Là-bas, ils espèrent retrouver Nouranne et son copain Baptiste. Mais si jamais les deux paumés, comme les a appelés leur père, se sont éloignés du point d'arrivée au Moyen Âge, qui sait ce que l'avenir… non, le passé…. Bref, la suite des événements leur réserve ?

4

— Il ne faut surtout pas que quelqu'un nous suive ! dit Pierrel.

— On peut barrer le chemin avec ça, réagit son frère en sortant de sa poche le ruban balise.

— Génial ! s'exclame son jumeau.

Aussitôt Tim noue le ruban aux charnières scellées dans les montants de pierre de la porte. Les visiteurs en voyant l'accès fermé feront demi-tour. Ainsi tous les trois seront assurés de n'entraîner personne avec eux dans le passé.

— On y va ! ordonne Pierrel.

Il s'engage le premier dans l'escalier, Najoie dans son dos et Tim derrière. En arrivant au niveau de la niche du Chat Casqué, ils se demandent s'ils doivent prononcer la formule « Chat tôt, chat tard, reviens repars ». Mais le chat au pelage blanc comme neige soulève d'un coup de patte la visière de son casque. Ils voient ses yeux d'or briller comme deux pierres précieuses dans la fourrure noire de sa tête. Ce chat bicolore est vraiment unique ! Ils entendent un miaulement puis l'animal parle. Ses mots résonnent dans l'ombre de l'escalier.

— Passe le Temps, vive l'heure longue.

Tous les trois sont émus. Leurs cœurs tapent très fort. Cette phrase tient lieu d'invitation de la part du Chat Casqué. Il leur indique ainsi qu'ils peuvent continuer à monter l'escalier. En haut, ils déboucheront dans le passé. Najoie a hâte de vérifier si sa cousine est dans la clairière de Guédelon au Moyen Âge. Elle pousse Pierrel.

— Doucement, proteste-t-il. Je ne me souvenais pas que c'était si sombre ni que l'escalier devient très long quand on le monte comme passeurs du Temps.

— Ce n'est pas comme si on faisait ça tous les jours ! commente Tim. Le chat ne nous laisse passer que pour des cas exceptionnels.

— J'ai du mal à croire ça, s'il a fait partir Nouranne, bougonne Najoie.

Tandis qu'ils grimpent les marches, une lumière commence à filtrer depuis le haut. Impatients, ils accélèrent et atteignent la sortie pour émerger dans le soleil. Aveuglés, ils se figent. Quand ils distinguent enfin le décor autour d'eux, ils sont complètement dépaysés.

— On a beau le savoir… murmure Tim, c'est une histoire de fou ! Je crois que je ne m'y ferai jamais.

Ni Najoie ni Pierrel ne le contredisent. Ils pensent la même chose. Autour d'eux, il n'y a plus rien ! À perte de vue, ils contemplent le vide d'une grande clairière au milieu de la forêt de Guédelon. Normalement, ils devraient se trouver sous l'appentis face à la cour du château. Mais autour d'eux le château n'est plus là. Ou plutôt, le château n'est *pas* là. Il est au 21e siècle. Eux viennent de traverser le Temps. Ils sont exactement au même endroit, mais huit siècles plus tôt.

Les trois amis échangent des regards de connivence. Ils ne sont pas paniqués. Ça a marché une nouvelle fois : le Chat Casqué les a envoyés au

Moyen Âge. Sous leurs pieds ils foulent la terre ocre de l'époque de Saint-Louis.

Ils avancent de quelques pas, notant au passage la présence rassurante de la grande pierre plate rectangulaire qui indique le point d'arrivée, mais aussi le point de départ pour voyager dans le Temps. La dalle dépasse de vingt centimètres. Elle n'est pas naturelle puisqu'elle est taillée. Les jumeaux et Najoie savent que cette pierre se nomme la pierre marquée. D'ailleurs, le Chat Casqué apparaît soudain dessus. Le trio regarde le félin sans bouger. L'animal mystérieux baisse la visière de son casque d'un coup de patte, miaule derrière son heaume de métal et se lève pour s'éloigner tranquillement vers la forêt.

— Pourvu qu'il revienne nous ouvrir le passage quand on prononcera à nouveau la formule Chat tôt, chat tard… murmure Tim.

— Il viendra, affirme Pierrel. Pour l'instant, retrouvons nos paumés !

Tim fait la moue, moins confiant que son frère. Mais il est vrai que Pierrel a passé ici plus de temps que lui. Soudain, un mouvement à la lisière de la forêt attire leur attention.

— Là-bas !

Deux ombres se cachent derrière des troncs d'arbre.

— Eh oh ! crie Pierrel. N'ayez pas peur. Montrez-vous, nous venons vous aider.

Comme aucune réponse ne lui parvient, il se tourne vers Najoie et lui fait signe de parler. Après tout, c'est de sa cousine qu'il s'agit.

— Nouranne ? Tu es là ? C'est moi, Najoie. Tu es avec ton copain Baptiste ? Vous pouvez approcher, on va tout vous expliquer, n'ayez pas peur.

— PEUR ? rugit alors une voix dans l'ombre de la forêt. Tu me prends pour qui, espèce d'idiote ?

Najoie blêmit. Elle murmure entre ses dents :

— C'est bien elle.

Pierrel et Tim secouent la tête, fatalistes, tandis que deux silhouettes se dégagent de l'ombre pour avancer dans leur direction.

— Faisons gaffe, prévient Tim. On en dit le moins possible sur le chat et le passage de la poterne. Pas question que ce bulldozer hurleur creuse un tunnel dans le Temps à l'explosif !

Pierrel se met à rire. Najoie se sent rassurée. Quoi que sa cousine lui inflige, elle sait qu'elle pourra compter sur les jumeaux pour la défendre. Jamais ses deux copains ne laisseront qui que soit lui faire du mal. Et c'est réciproque. Si quelqu'un s'avisait de s'attaquer à ses amis, elle réagirait illico.

Nouranne et Baptiste les découvrent faisant bloc, épaules contre épaules. Quand ils arrivent près du trio, Nouranne comprend qu'elle a affaire à forte partie. Elle décide d'être méprisante. Les poings sur les hanches, elle nargue Najoie en s'immobilisant devant elle.

— Tu as choisi des demi-portions comme gardes du corps pour être sûre qu'à deux ils feraient un mec présentable ?

Avant que les jumeaux ne réagissent, Baptiste s'interpose et demande :

— On est où, là ? On a essayé de se localiser avec les applis GPS de nos téléphones, mais on n'arrive pas à se connecter.

— Tu peux toujours rêver ! dit Pierrel.

— Ici GPS signifie Garanti Pas de Solution ! ajoute Tim.

Baptiste les dévisage, sourcils froncés.

— Vous êtes qui ?

— Les fils du gardien du château de Guédelon, répond Pierrel, et nous sommes dans la forêt près du chantier, dans la carrière. Regarde autour de toi.

Pierrel désigne du menton des blocs de pierre bien visibles. Leur couleur marron et ocre prouve que c'est la même roche que celle qui constitue les murs de Guédelon.

— C'est du grès ferrugineux, précise Tim. Les œuvriers cassent les blocs ici. Ils sont ensuite travaillés par les tailleurs de pierre sur le chantier.

Mais Baptiste ne semble pas convaincu. Il insiste :

— On était au pied des remparts…

— Des courtines, le coupe Pierrel, on ne dit jamais remparts, tout le monde parle de courtines à Guédelon.

— Si tu veux ! admet Baptiste en balayant la remarque d'un geste. On est montés dans un escalier pour ressortir… ici.

Il fait un large mouvement du bras englobant la clairière.

— Y a un problème. On aurait dû arriver dans la cour du château.

— On vous y emmène tout de suite, affirme Tim. Il y en a pour cinq minutes. Suivez-nous !

— Cinq minutes ? proteste Nouranne. Tu nous prends pour des débiles ? On est là depuis un bon moment déjà. Assez pour comprendre que le château n'est pas du tout dans le coin.

Najoie intervient. Même si elle est inquiète, elle ne le montre pas à sa cousine.

— Si, le château est tout près. On y va. Venez !

— Et lui, déclare Baptiste en tendant le doigt dans le dos du trio, il vient aussi ?

Les jumeaux font la grimace, pensant que le garçon parle du Chat Casqué qui a dû revenir plus tôt que prévu sur la pierre marquée. Mais quand ils voient la tête stupéfaite de Najoie, ils comprennent qu'il se passe quelque chose d'anormal. Ils se retournent et découvrent un garçon qui les dévisage avec curiosité. Le regard de l'inconnu détaille Najoie et les jumeaux de la tête aux pieds. Tous les trois portent des T-shirts de couleurs vives. Najoie a sa petite jupe à bretelles. Les jumeaux sont en bermudas. Le garçon inconnu, lui, est en tenue du passé. Il porte des sortes de bottes sur un caleçon collant à ses jambes. En haut, une tunique de toile claire est serrée à sa taille par une ceinture décorée. Une cape à capuchon de couleur bleue couvre ses épaules et ses bras. Dans son dos bat une lourde caisse de bois retenue en bandoulière par une lanière de cuir. Il finit par poser ce bagage au sol. S'inclinant devant Nouranne et Baptiste, vêtus comme le reste de leur classe d'habits typiques du Moyen Âge, le nouveau venu déclare d'une voix joyeuse chargée d'enthousiasme :

— Saluto, damoiselle et damoiseau. Il mio nome é Guido da Sienna.

Pierrel donne un coup de coude à son frère et murmure :

— Nouranne et Baptiste sont habillés dans le style de l'époque, c'est pourquoi il leur parle et pas à nous.

Najoie a entendu. Elle affiche la même tête alarmée que les jumeaux. Maintenant que ce garçon est là, ils vont avoir du mal à ramener Nouranne et Baptiste au 21e siècle sans leur donner d'explications.

5

Face à Guido, les cinq du futur restent figés. Les jumeaux et Najoie semblent transformés en statues de pierre tandis que Nouranne dévore le nouveau venu des yeux. Finalement, seul Baptiste réagit :

— Ciao Guido ! Il mio nome é Baptiste.

— Tu comprends ce qu'il dit ? s'étonne Najoie.

— C'est de l'italien ancien vu son accent mais ça ressemble à ce que je connais. Une partie de ma famille vient de Venise. Si un ancêtre n'avait pas changé notre nom, je m'appellerais Baptista Chatardi.

— Baptista Chatardi ! s'exclame Guido en manifestant sa complicité avec Baptiste dans un éclat de rire.

Puis il interroge Baptiste du regard en lançant un coup d'œil appuyé en direction de Nouranne, laquelle reste étonnamment calme.

— Elle ? explique Baptiste. Una compagna : Nouranne.

Guido se tourne alors franchement vers elle et lui fait une sorte de révérence en prononçant « Buongiorno signorina Nouranna » de son accent chantant.

Puis, il désigne les jumeaux et Najoie d'un geste rapide de l'index et demande :

— Sono travestiti ?

Baptiste éclate de rire.

— Il pense que vous êtes déguisés.

— Non voglio simili vestiti ! ajoute Guido avant de poursuivre en traduisant : Mi non vousloir semblable vestures.

— Ah, voilà qui est mieux ! constate Pierrel. S'il parle en ancien français, ça va être plus simple pour nous de discuter avec lui. On a l'habitude.

— L'habitude de parler en ancien français ? répète Nouranne. C'est quoi ce délire ? Tu te moques encore de nous. Vous allez nous expliquer ce qui se passe ici, oui ou non ?

Elle provoque sa cousine.

— Toi, la crevette, tu as intérêt à cracher le morceau.

Les jumeaux se regardent. L'énervement les gagne. Ça commence à bien faire. Tim est un calme, mais quand il se fâche, ça s'entend. Il fonce sur Nouranne et crie :

— La ferme, miss pitbull ! N'insulte pas Najoie ou on te laisse croupir ici avec ton Mister Chatard et le signor Guidoletto !

L'Italien saisit la balle au bond et comme Tim se détourne de Nouranne, il lui prend la main et met un genou à terre devant elle.

— Signor Guidoletto cavaliere de fin amor pour Nouranna.

Nouranne semble subjuguée et ne réplique rien. Du coup, profitant de l'accalmie, Pierrel dit à son frère :

— Nous devons savoir qui, de Baptiste ou de Nouranne, a prononcé la formule du Chat Casqué. Car il va falloir que lui ou elle la dise à nouveau. Sinon le passage ne s'ouvrira pas.

— Quelle formule ? Quel passage ? demande Baptiste.

Guido qui s'est relevé veut intervenir, mais les jumeaux lui font signe énergiquement de ne pas se mêler de leurs affaires. Le jeune Italien s'incline et recule près de sa caisse en bois.

— Nouranne, demande Tim, est-ce qu'en montant dans l'escalier de la poterne, Baptiste ou toi vous avez dit quelque chose ?

Elle répond non de la tête.

— Si, rappelle-toi, objecte Baptiste, tu chantonnais mon nom…

— Mouais… peut-être, admet-elle. Je disais n'importe quoi.

— Non, tu n'as pas dit n'importe quoi, bougonne Tim. Essaie de te souvenir des mots exacts.

— Pourquoi je ferais quelque chose pour toi, ton jumeau et la crevette ?

— Parce que… explose à son tour Pierrel, là, on est au Moyen Âge. Tu comprends miss pitbull : au Moyen Âge ! T'as envie de rester ici, toi ? Nous non. La seule solution pour retourner à Guédelon, c'est que tu prononces la formule. Alors tu les dis ces foutus mots ou je les fais sortir en te serrant le cou ?

Nouranne est à nouveau matée. Elle réfléchit un instant puis déclare :

— Chat tôt, chat tard, reviens, repars.

Immédiatement, le Chat Casqué arrive de la forêt en galopant. Il passe devant Guido stupéfait comme Nouranne et Baptiste. Il s'assoit sur la pierre marquée indiquant l'entrée de la poterne au 13e siècle et miaule avant de relever la visière de son heaume d'un coup de patte.

— Eh bien voilà ! s'exclame Pierrel. Ce n'est pas plus difficile que ça. On y va, ordonne-t-il. Suivons le chat. Tim, tu fermes la marche, que personne ne reste ici. Sauf le sieur Guido bien sûr.

La file des cinq se met en mouvement. Après quelques pas, Nouranne s'arrête et se tourne en direction de Guido qui lui fait un signe de la main. Elle répond à la hâte par un geste identique, mais Tim la pousse. Pas de quoi traîner.

Le chat quitte la pierre marquée et monte en sautant de marche en marche. Sauf que l'escalier de la poterne n'est pas encore entièrement visible. Baptiste et Nouranne se figent en se demandant quel est ce tour de force, mais les jumeaux ne leur laissent pas l'occasion de réfléchir et les entraînent.

En retrait derrière eux, Guido pense qu'il y a peut-être de la magie dans ce qu'il voit. Décidément, ces cinq personnes sont bien étranges.

Dès que le chat s'immobilise au niveau de la troisième marche, l'ensemble de l'escalier de la poterne devient visible. L'animal se glisse dans la niche afin d'observer la petite troupe. Pierrel ouvre le chemin, Baptiste le suit, puis Najoie, Nouranne et enfin Tim. Le chat miaule et dit :

— Passe le Temps, vive l'heure longue.

Ni les jumeaux ni Najoie ne laissent à Baptiste et Nouranne l'occasion de se poser à nouveau des questions. Ils montent le plus vite possible et tous les cinq disparaissent en haut dans un immense reflet lumineux.

Au milieu de la clairière, Guido est ébloui par l'éclair bien plus violent que le soleil déclinant au-dessus de la forêt. Quelques instants plus tard, une fois le calme revenu, le jeune Italien voit le Chat Casqué redescendre tranquillement l'escalier qui redevient invisible dès que l'animal atteint la pierre marquée. En passant devant Guido, le félin regarde le garçon. Il cligne ses yeux d'or brillant dans la fourrure noire de sa tête. D'un coup rapide de sa patte droite, il rabat la visière de son heaume puis s'élance vers la forêt.

Abasourdi, Guido sent ses jambes flancher et se laisse tomber sur sa caisse. Heureusement que l'objet est assez solide pour lui servir de siège.

Il reste là longtemps. Mais plus rien ne se produit. Ni apparition bizarre, ni chat casqué, ni lumière. La nuit s'annonce quand il réagit enfin. Ces étrangers qu'il a rencontrés l'ont arrêté dans sa progression vers le château de Saint-Fargeau. Il atteindra le fief du seigneur Philippe de Toucy avec un jour de retard. Pas grave. Personne n'est au courant de son arrivée. Il présentera la lettre de recommandation de son tuteur demain au lieu d'aujourd'hui.

En attendant, il ne se sent pas le courage de dormir à la belle étoile. Il y a sûrement des loups dans cette forêt. Il lui faut un abri. Rejoignant son cheval gris attaché à une branche basse, il quitte la clairière. Sur les berges d'une rivière sont plantés des arbres fruitiers. Voilà qui le nourrira. À l'écart se dresse une grange. Il s'en approche et constate que la porte est facile à ouvrir. Après avoir attaché à nouveau son cheval, il entre. Dans l'ombre une masse imposante est recouverte d'une toile rapiécée à gros points. Il pose sa caisse près d'une paillasse qui lui permettra de dormir. Soulevant la toile, il découvre un agencement étrange de morceaux de bois constituant un appareil mécanique. Une poutre principale, un socle, une roue à aubes comme celle d'un petit moulin… Qu'est-ce donc là ? Une lame de scie à grosses dents aiguisées est à demi cachée sous un tas de sciure. Renonçant à comprendre, Guido rabat la toile sur l'assemblage et s'en désintéresse.

Il entend sonner dans le lointain la cloche d'une église ou d'un monastère qui annonce l'heure des vêpres et de la prière du soir. Il s'allonge sur la paillasse, sa cape roulée sous sa tête pour plus de confort. Il finit par s'endormir. Un rêve étrange s'empare de lui. Deux demoiselles aux cheveux bruns qui se ressemblent beaucoup se battent. Et contrairement à ce que tout jeune homme de la bonne société ferait, il ne cherche nullement à les séparer.

6

En sortant de l'escalier pour arriver sous l'appentis, le groupe des jumeaux, des cousines et de Baptiste se retrouve quasiment nez à nez avec Damien Faucre le maître d'œuvre du château. En voyant Tim et Pierrel, Damien lève le bras et le morceau de bois qu'il tient à la main fait un tour menaçant sous le nez des adolescents.

— Votre père vous cherche partout, les jumeaux. Il se demandait si vous aussi vous aviez fugué.

Puis abaissant sa pige, ce bout de bois gravé en paume, pied et coudée qui ne le quitte jamais, il désigne Nouranne et Baptiste.

— C'est vous qui venez d'un collège d'Évry ?

— Oui m'sieur, répond Baptiste d'un filet de voix.

— C'est la première fois que vous disparaissez sur mon chantier. Mais c'est aussi la dernière, compris ? Vos profs sont aux cent coups. Vous allez participer à des activités toute la semaine, taille de pierre, géométrie, travail de la terre… pas question que vous fichiez la pagaille. Sinon je vous colle dans la cage à écureuil pour monter des pierres sur le chemin de ronde, vu ?

En disant cela, il désigne la grande roue de bois installée en bas d'une tour. À l'intérieur quelqu'un marche et ce mouvement soulève au bout d'un palan une manne tressée pleine de roches. Baptiste fait la grimace. Ça ne doit pas être drôle de tourner là-dedans pendant des heures. Les jumeaux ne disent rien. Eux savent que ce n'est pas très fatigant de marcher dans la roue à écureuil. C'est juste un travail ennuyeux.

Quand Damien constate que les deux élèves semblent avoir compris sa leçon, il conclut en disant :

— Heureusement que vous n'êtes partis qu'une petite heure. Filez retrouver votre classe. Ils sont en train de déjeuner près de la Taverne, je les ai vus se rendre à l'aire de pique-nique.

Une fois qu'il s'est éloigné un peu, Baptiste se tourne vers Tim, Pierrel et Najoie :

— Une heure ? Mais on est partis beaucoup plus longtemps que ça !

Il sort son téléphone toujours sans connexion, mais qui affiche bien midi.

— Tu vois, dit Pierrel. Ici il ne s'est passé qu'une heure.

Il ajoute pour son frère :

— Tu devrais aller retirer le ruban au cas où il y serait encore.

Aussitôt Tim se précipite et descend l'escalier de la poterne, se moquant du sens de la visite. Il réapparaît bientôt avec le ruban.

— Pourquoi il ne s'est passé qu'une heure ? insiste Baptiste.

— Souviens-toi des paroles du Chat Casqué, répond Najoie : « Passe le Temps, vive l'heure longue ». Quel que soit le temps qu'on reste au 13e siècle, ici, il ne se déroule toujours qu'une heure. On en reparlera. Allez rejoindre votre classe pour manger.

— Et surtout, vous ne racontez à personne ce qu'on vient de vivre, assène Pierrel.

Tim ajoute aussitôt :

— De toute façon, on dira que vous mentez, que nous vous avons retrouvé dans la forêt au-delà du moulin. Ce qui n'est pas si faux que ça, tout compte fait.

— Cause toujours ! lance Nouranne. Moi, je veux y retourner. Vous le faites bien, vous…

— Jamais ! objecte Pierrel.

Nouranne hausse les épaules avec mépris.

— Enfin jamais tout seuls, admet Pierrel. On a beau dire la formule…

— On a essayé plus d'une fois, avoue Tim.

— Le chat n'apparaît que quand ce sont des étrangers au château qui prononcent les mots, achève Pierrel.

— Avec moi ça marche, se rengorge Nouranne. Les menaces du grand type avec sa règle graduée, je m'en fiche. Je repartirai.

Après un instant de silence, elle ajoute :

— Je veux revoir Guido.

— Oh non… gémit Najoie. Tu kiffes ce mec ? Il vit dans le passé. Il a huit cents ans ton bogoss.

— Ferme-la, Crevette !

Les jumeaux et Baptiste dévisagent tour à tour les deux filles. Najoie serre les poings. S'ils n'interviennent pas, les choses risquent de mal tourner.

— Je propose quelque chose, déclare Tim tout à trac. Vous allez pique-niquer avec vos copains et dans l'après-midi on vous emmène voir quelqu'un qui est prisonnier du Temps. Nouranne, ça te fera peut-être réfléchir.

— Prisonnier du Temps, on se croirait dans une mauvaise série télé, constate Baptiste avant d'ajouter : Zut ! Notre prof de maths !

Un homme vient d'apercevoir le groupe sous l'appentis et traverse la cour au pas de charge.

— Chatard et Bensarid ! s'exclame-t-il en se plantant devant eux. Enfin, vous voilà. Vous allez écoper d'une punition dont vous vous souviendrez.

Il pose une main de fer sur l'épaule de Baptiste et demande :

— Qu'as-tu à dire pour ta défense, Chatard ?

Baptiste fait un clin d'œil aux jumeaux et ironise :

— Vous savez Monsieur, un Chatard, tôt ou tard, ça vient, ça repart !

— Et ça t'amuse ? dit le prof. Suivez-moi tous les deux illico.

Avant de s'éloigner derrière leur enseignant, Nouranne et Baptiste jettent un dernier regard aux jumeaux et à Najoie.

— Venez au moulin après votre pique-nique, dit Tim. On vous y retrouvera.

Une fois que le prof et ses deux élèves ont quitté la cour du château, Pierrel bougonne en se tournant vers son frère.

— Tu n'aurais pas dû promettre de leur montrer notre prisonnier du Temps. Ce n'est pas du tout une bonne idée.

— Vas-y, trouve une autre solution pour décourager Nouranne de retourner au 13e siècle ! dit son frère.

Pierrel soupire d'un air fataliste.

— On verra bien. Espérons que le capitaine Jacques ne sera pas chez lui et que montrer sa cabane à Nouranne et Baptiste suffira à les convaincre de rester ici plutôt que de repartir au Moyen Âge.

— Moi qui ne l'ai jamais vu de près comme vous deux, dit Tim, j'ai du mal à penser qu'il est si terrible que ça.

— Fais-nous confiance ! répond Najoie. Il a brandi son couteau sous notre nez. Il faut s'en méfier. Notre prisonnier du Temps, c'est un tueur.

7

13e siècle, mois de septembre

Du bois mort craque sous des pas dans la forêt. Quelqu'un approche de la grange où Guido a trouvé refuge pour la nuit. Il se lève et fait glisser hors de sa heuse de cuir la lame aiguisée qu'il y cache. Entre deux planches disjointes, le garçon voit arriver un groupe d'hommes mal vêtus, à l'allure sauvage, au parler rocailleux. Dans la lumière de la pleine lune Guido découvre leurs visages maculés de traces noires.

« Carbonari » pense-t-il dans sa langue. Des charbonniers !

Le jeune homme sent la peur l'envahir. Partout où il est passé depuis qu'il traverse les forêts de France, il a entendu parler de ces groupes d'hommes que tout le monde craint. Leur réputation d'envoyés du diable les précède. Dans leurs meules charbonnières au cœur des forêts, ils brûlent à petit feu des centaines d'arbres. On les déteste pour ça et aussi parce qu'ils vendent cher leur charbon de bois aux forgerons. Résultat : ceux-ci augmentent leurs prix, s'enrichissent et deviennent trop puissants car on ne peut pas se passer d'eux pour les armes ou les fers à chevaux.

Les hommes approchent. Guido se dit que la meilleure défense est l'attaque. Il revêt sa cape bleue dont la couleur vive et royale prouvera aux charbonniers qu'ils sont face à quelqu'un d'important. Avec courage, il sort de la grange et les attend près de son cheval, le dos à la Lune. L'ombre menaçante de sa silhouette arrête les hommes. Avec sa cape de noble et la lame aiguisée qu'il tient, il apparaît comme quelqu'un qu'il vaut mieux ne pas attaquer, même à plusieurs. Le trouble s'affiche sur les visages des individus aux guenilles sales. Ils comprennent que s'ils tuent ce garçon quelqu'un vengera sa mort en les traquant jusqu'aux limites du pays.

— Signor Guido da Sienna, se présente le jeune homme avec un très léger signe de tête.

Il désigne la direction de l'ouest et ajoute :

— Mi chercher chemin castel de Saint-Fargeau. Bien est-ce là-bas ?

Au bout d'un moment, l'un des charbonniers acquiesce en hochant la tête. Guido le remercie et se courbe pour ramasser sa boîte de voyage sans quitter des yeux les faces noircies aux regards cruels.

Il enfourche son étalon gris et s'arrange pour s'éloigner au pas sans tourner le dos aux charbonniers. Après une bonne distance parcourue, il s'arrête pour voir ce qu'ils font. Ils sont entrés dans la grange et fracassent tout ce qu'elle contient. Guido pense à l'étrange machine qui y était cachée. Voilà un long labeur détruit par la bêtise de quelques sauvages. Quel gâchis ! Le monde ira-t-il toujours ainsi, l'ignorance tuant les idées ?

Quand il atteint la clairière où la veille il a rencontré les personnes ayant disparu dans un éclair de lumière, il constate que quelqu'un s'y trouve déjà. Il laisse son cheval à l'écart et avance en silence. Il s'agit d'une toute jeune fille. Si tôt le matin ? Elle a posé au sol un panier rempli de champignons. Guido reconnaît des girolles. Voilà pourquoi elle est si matinale. Elle doit être aide-cuisinière. Elle se tient immobile sur la grosse pierre plate où la veille s'est assis le chat portant un casque.

— Damoiselle ! murmure Guido en arrivant dans son dos.

Elle sursaute, se retourne et retient un cri en posant sa main sur sa bouche.

— Point peur ne prenez ! dit-il en tendant ses paumes ouvertes dans sa direction. Mi vousloir aucun mal. Me nommer Guido de Sienne. Seulement vous prévenir : méchants hommes par icitte dans forêt.

Elle ne répond pas, mais ne s'enfuit pas non plus. Encouragé, Guido lui demande son nom.

— Pacqueline, dit-elle.

Il sourit et la salue comme il le ferait pour une jeune noble alors que ses modestes vêtements prouvent qu'elle n'est qu'une paysanne. Elle rougit et sourit à son tour. Guido se lance alors dans un discours où il mélange l'italien et des mots en langue romane qu'il a appris au cours de son voyage. Pacqueline comprend qu'il souhaite rejoindre Saint-Fargeau pour y rencontrer le seigneur Philippe de Toucy. Du coup, elle se détend. Ce garçon ne lui causera pas d'ennuis, comme il l'a promis.

À ce moment-là, un jeune homme affolé surgit hors du bois. Il apparaît désespéré et s'effondre littéralement sur un des blocs de grès de la carrière déserte. Les œuvriers carriers sont absents, occupés ailleurs avec les tailleurs de pierre à construire un bâtiment pour le seigneur.

— Pacqueline, la grange... gémit le nouveau venu, ma scie là-bas au bord du Bourdon... Attaquée. Démolie, tout mon travail détruit.

La jeune fille porte les mains à ses joues et sa bouche s'arrondit d'effroi.

— Pôvre Colin ! murmure-t-elle. Tant de labeur perdu... la faute à qui ?

Guido qui a compris intervient pour raconter ce qu'il a vu. Il décrit la fureur aveugle des charbonniers.

À ces mots, Colin bondit sur ses pieds, prêt à aller en découdre avec les hommes en noir.

Pacqueline le retient et l'agrippe par le bras. Guido vient à sa rescousse. Il saisit le jeune homme de manière énergique pour l'empêcher de courir jusqu'au fond des bois se faire tuer par les charbonniers.

— Plusieurs ils sont ! crie Guido. Toi aussi seras massacré par ces demi-bêtes sauvages.

Finalement, Colin se rend à la raison. Il dévisage l'inconnu noblement vêtu. Pacqueline fait les présentations et raconte la gentille mise en garde de Guido pour la protéger. Ensuite elle explique à Guido que Colin est menuisier, huchier plus particulièrement. Il fait des coffres. C'est un ami de Guillaume, son frère aîné, qui est charpentier en l'abbaye de Saizy, un domaine de Dame Mahaut de Courtenay, la suzeraine de la région.

— J'ai pensé à une machine pour scier en long les troncs, dit Colin. Je l'ai construite près de la rivière Bourdon dans une grange de ma famille, car d'eau la roue a besoin.

Le jeune homme est fier de son invention. Il ramasse une brindille et se met à tracer dans la poussière ocre de la carrière un plan grossier de l'appareil. Mais quand il réalise que tout cela n'existe plus, il crie de rage et piétine violemment le sol pour tout effacer. Guido veut l'en empêcher, mais c'est trop tard. L'Italien ouvre alors sa caisse. Avec stupeur Pacqueline et Colin découvrent un ensemble de pinceaux et de pots de couleurs. Ils voient aussi de fines planches de bois magnifiquement décorées de dessins lumineux représentant Marie et l'Enfant-Jésus. Colin et Pacqueline poussent des « oh » d'admiration. Ils dévisagent ensuite Guido qui s'incline et avoue modestement :

— Moi estre peintre. Artiste venir de citta italiane Sienna en voyage vers Flandres où œuvrent maîtres enlumineurs.

Puis désignant l'endroit où Colin a effacé le plan de sa machine, il ajoute :

— Si toi me montrer, je pouvoir portraiturer ta machina.

Colin a soudain les yeux qui brillent. Il prend Guido par les épaules. Ce geste scelle leur amitié. Ils partent d'un même pas voir ce qui reste de la scie tandis que Pacqueline demeure sur place.

Quand les nouveaux compères ont disparu sous les ombrages, la petite aide-cuisinière revient devant la pierre marquée. À cet endroit s'assoit le griffier au heaume, appelé le Chat Casqué par ses amis venus du château en construction. La première fois qu'elle les a vus, elle les a pris pour des anges. Mais ils n'en sont pas, elle le sait, car son chevalier servant, Pierre-Éloi, l'a emmenée un jour avec lui jusqu'au monde étrange où il vit et où il est retourné. Espérant le revoir, elle vient souvent près de la pierre marquée sans jamais oser dire la formule qui appelle le chat.

Mais là, elle doit le faire. Elle respire un grand coup et prononce les mots :

— Chat tôt, chat tard, reviens, repars.

Le griffier au heaume sort immédiatement de la forêt et se pose sur la pierre marquée. Il miaule puis grimpe l'escalier qui apparaît sous ses pattes. Dans la niche de la troisième marche, il s'installe. Pacqueline le suit et lui jette un coup d'œil au passage, le cœur battant. Il lève la visière de son heaume, la regarde et dit :

— *Transit tempus hora vivat.*

Elle sourit en reconnaissant la fameuse phrase « Passe le Temps, vive l'heure longue » qu'il prononce en latin pour elle. Elle soulève le bas de sa jupe pour accélérer le pas. Va-t-elle retrouver ses amis en haut ?

Il le faut. Colin a besoin d'aide. Même avec le soutien de Guido, il ne pourra pas reconstruire sa machine à temps. Guillaume, le frère de Pacqueline, doit venir d'ici deux jours pour la grande réunion des paysans avec le seigneur à la Saint-Michel. À cette occasion, il donnera un coup de main à son ami pour présenter son travail au châtelain. Des rumeurs ont couru dans le village : le huchier réalise en secret une surprise pour la fête de l'archange Michel. Le seigneur l'apprendra. Mais si cette machine dont tout le monde parle ne peut pas lui être présentée, Colin sera ridiculisé. Et Guillaume sera désolé pour son ami. Pacqueline doit tout faire pour les aider.

Quand elle débouche sous l'appentis dans la cour de Guédelon, elle se fige devant la foule étrangement vêtue. Des gens lui sourient, admiratifs de sa propre robe « tellement réussie », « parfaite », « si authentique » ! Elle s'oblige à ne pas paniquer. Pierre-Éloi, Tim et Najoie sont quelque part. Elle va les retrouver. D'un pas courageux, elle quitte l'abri de l'appentis et s'élance à travers la cour.

8

21e siècle, mois de septembre

Après avoir englouti sandwichs et boissons, les jumeaux et Najoie prennent le chemin du moulin. Depuis la maison du gardien où Tim et Pierrel habitent, ils longent l'atelier des cordiers. Une jeune femme leur fait signe d'une main pendant que de l'autre elle tourne la manivelle de son appareil à tordre les fibres de chanvre. Chaque jour est fabriqué ici un nombre impressionnant de cordelettes. Parfois elles sont entrelacées pour créer de gros cordages appelés torches, très utiles aux tailleurs de pierre. Seules les cordes de levage sont récentes à Guédelon pour respecter les normes de sécurité. Tout est pensé sur le chantier pour le bien des visiteurs.

Les jumeaux et Najoie arrivent sur l'esplanade sud d'où l'on découvre l'ensemble du château.

— À chaque fois que je passe ici, dit Tim, je m'arrête. La vue est si belle ! Voir le logis seigneurial depuis là, c'est super.

Pierrel hausse les épaules. Décidément son frère est trop sensible.

— Il faudra bien qu'un jour les tours et le dessus du pont-levis soient terminés, réplique-t-il. Un château fort avec une cour ouverte à tous les vents, tu parles d'un refuge ! N'oublie pas que le seigneur avait le devoir de protéger ses serfs et qu'ils venaient s'abriter au château en cas d'attaque.

— Je sais, bougonne Tim. Mais le châtelet d'entrée va cacher toute la vue.

— On construit un château fort, pas un parc d'attractions ou un décor pour selfies, assène son frère.

— Tu es trop terre à terre, Pierrel, déclare Najoie. On va te clouer au pilori ! ajoute-t-elle avec un mouvement du menton désignant l'assemblage de poutres et de planches installé au centre de l'esplanade.

Des jeunes sont groupés autour du dispositif qui exposait jadis un condamné à la colère publique. Mais à Guédelon, personne ne jette de trognons de choux à la figure de celui dont la tête et les mains sont prisonnières des planches. Des rires et des clics d'appareils photo entourent le volontaire en train de subir la torture.

— Regardez, c'est Baptiste ! s'exclame Tim.

Najoie marque un arrêt. En effet c'est la classe de sa cousine. Le pauvre Baptiste n'était sûrement pas d'accord pour le pilori, vu les railleries de ses camarades et sa tête de cent pieds de long.

— Allons le délivrer, dit Tim en avançant d'un pas énergique.

Mais le bras de son jumeau arrête son élan.

— Regardez cette fille là-bas, murmure Pierrel en désignant une adolescente au costume très réussi en retrait des autres.

Najoie pense qu'il parle de Nouranne. Qu'a-t-elle fait encore ? Elle se retourne pour voir la fille en question.

— Ça alors… dit-elle.

— On dirait… ajoute Tim.

— Pacqueline ! achève Pierrel.

Tous les trois se précipitent vers leur amie du 13e siècle. Quand elle les voit arriver, son visage s'illumine d'un sourire ravi. Ils sont là. Elle est sauvée. Elle tombe dans les bras de Najoie qui la serre contre elle et l'embrasse sur les deux joues. Puis c'est au tour de Tim de la prendre par les épaules pour lui plaquer deux bises sonores. Enfin Pacqueline se tourne vers Pierrel, figé à quelques pas. Elle plonge son regard dans le sien, pince sa jupe entre ses doigts pour faire une petite révérence et dit en roulant les r avec son accent chantant du Moyen Âge :

— Dieu te bénisse, sieur Pierre-Éloi !

Puis elle éclate de rire et se précipite pour le prendre dans ses bras. Un peu empoté, sous les regards moqueurs de son frère et de Najoie, le sieur Pierre-Électronique Rudari finit par serrer contre lui sa gente amie du passé. En digne chevalier servant, il l'interroge :

— Tu as besoin de mon aide ? C'est pour ça que tu es venue ?

Elle s'écarte et après un sourire de connivence, elle lève ses mains devant son visage et fait se toucher les extrémités de ses doigts. Puis elle pose ses pouces sur ses tempes et bascule de bas en haut cette imitation de visière d'un casque.

— Le heaume de doigts ! murmure Pierrel.

Najoie et Tim approuvent. Eux aussi ont reconnu ce geste de ralliement qu'ils font entre eux lorsqu'ils veulent évoquer le Chat Casqué.

— Tu as vu le griffier au heaume, notre Chat Casqué ? chuchote Najoie.

Elle fait oui de la tête.

— Nous aussi ce matin, avoue Tim.

— Mais pourquoi nous ouvre-t-il le passage aujourd'hui ? demande Pierrel.

— Aider Colin, répond Pacqueline. Lui connaistre mon frère Guillaume et attendre mien retour dans grange du Bourdon en compagnie de nostre nouvel ami : Guido da Sienna.

— Guido ? Elle a dit Guido ? s'exclame une voix dans le dos de Tim et de Najoie qui se crispe aussitôt.

Nouranne est plantée à un mètre derrière elle, flanquée de Baptiste enfin délivré du pilori. Leurs copains de classe s'éloignent en direction du bâtiment des charpentiers.

— C'est reparti, soupire Pierrel. Autant dire la vérité : Pacqueline, je te présente Nouranne, la cousine de Najoie. Nouranne, voici Pacqueline, aide-cuisinière au château du seigneur Philippe de Toucy.

— C'est elle votre prisonnière du Temps ? demande Nouranne.

Énergiquement, Tim la saisit par le bras et la tire à l'écart. Il fait signe à Baptiste de suivre.

— Pacqueline ne sait pas du tout que nous sommes au 21e siècle, assène-t-il. Vous ne dites rien qui peut le lui faire comprendre. Elle pense être dans un autre monde que le sien, mais à son époque, aux environs de l'an mille deux cent cinquante. Pour elle, nous sommes dans le château fort en construction d'un petit seigneur nommé Guilbert. Interdit de lui dire autre chose. De toute façon, ajoute Tim en jetant un regard vers son frère près de Pacqueline, Pierrel vous arrachera les yeux si vous lui faites peur.

— Si cette Pacqueline est venue rejoindre Pierrel, dit Nouranne, qu'est-ce qui m'empêche d'aller revoir Guido ?

Tim lève les yeux au ciel puis il regarde Najoie qui n'a pas dit un mot depuis qu'ils ont retrouvé Pacqueline. Voyant son copain l'encourager à intervenir, elle redresse les épaules avec détermination, puis, fixant Nouranne et Baptiste, elle demande :

— Dans quel endroit vous devez vous rendre ? Il faut obéir à vos profs ou vous allez être collés pour des activités barbantes au centre où vous logez. Du coup, plus de passage par la poterne !

Les mots de Najoie font mouche. Baptiste et Nouranne échangent des regards.

— Je dois me rendre à l'atelier des couleurs, dit Baptiste.

— Et moi rejoindre Dame Nature, bougonne Nouranne.

— Alors il faut y aller illico ! ordonne Najoie de plus en plus sûre d'elle.

Tim approuve en levant le pouce dans le dos des deux autres.

— Je rappelle que notre collège nous autorise à rester ici pour être avec votre classe, dit-il, donc je vais avec Nouranne et toi Najoie avec Baptiste.

— On n'a pas besoin de chien de garde, râle Nouranne.

Tim ne répond même pas. L'atelier des couleurs et le jardin de Dame Nature sont proches, près d'une fermette où des agneaux gambadent dans un enclos sous les arbres. Pierrel et Pacqueline vont aussi se rendre à cet endroit. Cette maisonnette ressemble tellement à celles du village où vit la petite aide-cuisinière qu'elle pourrait s'y croire chez elle.

Chacun se dirige vers ses occupations. En chemin, Tim parle à Nouranne des plantes tinctoriales, les végétaux qui donnent des poudres de couleur tandis que Baptiste confie à Najoie qu'il adore dessiner et qu'il a hâte de découvrir les pigments utilisés pour les peintures murales du château. De son côté, Pacqueline raconte à Pierrel la destruction de la scie de Colin par les charbonniers.

Aucun d'entre eux ne remarque l'homme qui les épie depuis l'arrière de l'écurie. Il marmonne entre ses dents sous le capuchon qui masque son visage. Ses phrases sont incompréhensibles. On peut tout de même reconnaître des mots : clous, bois, lames, maudit château ennemi.

Il s'éloigne en ronchonnant pour rejoindre sa cabane près de l'étang du Bourdon. Un jour il rentrera chez lui. Il retrouvera ses soldats, son seigneur Philippe et la sœur de celui-ci : la princesse Dunya. Il était chargé de la protection de cette jeune fille, héritière royale venue d'Orient. Hélas, dans la carrière de Guédelon, une lumière céleste l'a emporté pour l'abandonner ici dans ce chantier de construction. Il a peur pour Dunya depuis qu'il a vu en ce monde étrange une fille nommée Najoie. Aujourd'hui une seconde fille, plus grande et plus menaçante est apparue. Elles ressemblent toutes les deux à Dunya et viennent peut-être du même pays lointain. Sont-elles des ennemies de « sa » princesse ? Des espionnes ? Si elles veulent s'en prendre à Dunya, il devra les éliminer.

En attendant, la lumière céleste l'a sûrement conduit en ce monde étrange pour empêcher la construction du château. Une fois achevé, il menacerait celui de Philippe de Toucy à Saint-Fargeau. Foi de capitaine Jacques : il va agir, affaiblir, réussir.

9

Pacqueline et Pierrel discutent à l'ombre d'un tilleul. Le banc où ils sont assis est un simple tronc équarri posé sur deux billots. Pacqueline explique qu'elle est inquiète à propos de Colin et de son étrange scie. Elle décrit une machine qui engloutit des troncs d'arbres entiers et fonctionne avec une roue à eau comme les moulins. Colin l'a fabriquée pendant les jours où les bûcherons et les charpentiers ont interdiction de travailler. Il n'aurait pas dû.

— Il y a des jours sans travail ? s'étonne Pierrel.

Comme beaucoup de gens, Pierrel croit que les personnes du Moyen Âge étaient taillables et corvéables à merci. Mais non, pas toujours ! Pacqueline lui précise qu'il est interdit de travailler les samedis, les veilles de fêtes ou bien la nuit, car « travailler au noir » est une vilaine chose ! Enfin, plus important encore, nul ne doit travailler hors de la vue du public. Cela s'appelle « œuvrer en cachette » et hélas, c'est ce que Colin a fait.

De plus, il a créé une scie. Ce n'est pas un outil respectable. La hache, oui. Elle tranche le fil de la vie des arbres d'un coup net. La scie, non. C'est un outil qui use le bois petit à petit et procure des souffrances, comme celles de saint Isaïe qui fut torturé avec l'une d'elles.

Pierrel est fasciné. Il écoute son amie évoquer les croyances et la vie quotidienne de son époque en se demandant s'il ne rêve pas.

— Colin et Guillaume ont parfois travaillé ensemble, poursuit-elle. Ils ne devaient point. Interdit de s'associer entre artisans. Devaient rester en leur rôle et place.

— Mais pourquoi ? s'étonne Pierrel. Ici, chacun peut aider ses compagnons de loge !

— Nenni, répond Pacqueline. Colin fabrique des coffres, Guillaume est charpentier, eux pas devoir faire sciage des troncs. Seul salut possible : réussir démonstration devant li seigneur Philippe au rassemblement des paysans à la Saint-Michel.

Elle agrippe le bras de Pierrel et le supplie :

— Mais machine détruite. Eux besoin de toi, Pierre-Éloi.

Le garçon blond réfléchit. Que faire seul ? Il lui faut des conseils.

À ce moment, Jeffrey passe devant eux et leur fait un rapide signe de la main. Il va vers la loge des charpentiers et longe une zone où des bûcherons équarrissent un tronc à la doloire pour en faire une poutre.

Pierrel suit Jeffrey des yeux. Au fait… lui pourrait le renseigner ! Il se lève et regarde en direction de la loge. Une discussion animée semble avoir lieu là-bas. Que se passe-t-il ?

Il entraîne Pacqueline. Impossible de la laisser seule. Ils atteignent la loge. L'imposant toit couvert de tavaillons fait une ombre agréable sur le sol constitué de planches assemblées. Sur ce plancher d'épures, un œuvrier est en train de tracer une courbe au compas. Près de là, le petit groupe que Jeffrey a rejoint semble bien énervé.

Quand Jeffrey aperçoit Pierrel, il vient à lui. Après un bonjour à Pacqueline, le Québécois déclare :

— Les ennuis continuent ! D'autres morceaux de fer ont brisé des scies !

— Des blessés ? demande aussitôt Pierrel.

— Par chance juste des dégâts matériels.

— Des vieilles tiges comme celle du grand chêne ?

— Non. Des morceaux de fer récents. Des clous comme ceux fabriqués à la forge par Abad et les forgerons.

— Des clous de chez nous ? Mais qui a bien pu planter ça dans les arbr…

Pierrel s'arrête. Il fronce les sourcils. Serait-ce possible ? Le visage du capitaine Jacques vient de s'imposer à sa mémoire. Le vieil homme est-il responsable de ces sabotages ? Il va falloir prévenir Tim et Najoie.

— À propos du message caché, ajoute Jeffrey, j'ai progressé. Un de mes amis travaille dans la police scientifique à Auxerre. Il va restaurer l'inscription grâce à la chimie.

Les yeux de Pierrel brillent soudain d'intérêt.

— Il y a des experts à Auxerre ?

— Oui. Ils ont même un labo high-tech avec une super hotte aspirante contre les produits toxiques. Ils l'appellent la sorbonne.

À ce mot, Pacqueline réagit.

— Oh ! s'exclame-t-elle. La Sorbonne ! Messire Robert de Sorbon fut maître du Père Boniface, li chapelain du seigneur Philippe. Père Boniface nous dire que sieur Robert de Sorbon vousloir une maison pour études avec nom la Sorbonne.

Jeffrey dévisage l'adolescente. Qui est cette amie de Pierrel ? Que raconte-t-elle avec son accent encore plus étrange que le sien ?

Pierrel serre le coude de Pacqueline pour la faire taire.

— Elle s'entraîne pour un rôle qu'elle doit jouer, dit-il très vite, dans un film avec sa classe ! Elle est forte en ancien français, n'est-ce pas ?

Jeffrey approuve et se contente de l'explication. Pacqueline se met sur la pointe des pieds pour murmurer quelque chose à l'oreille de Pierrel. Jeffrey sourit en constatant qu'il rougit d'être vu avec une fille si près de lui.

Mais en fait de mots doux, Pacqueline a dit : « Aider Colin et sa machine. » Pierrel demande donc au bûcheron :

— Tu as déjà entendu parler d'une scie qui aurait besoin d'eau pour fonctionner ?

— Une scie hydraulique ? Oui bien sûr. C'est très ancien et complètement dépassé. On a l'électricité de nos jours ! se moque le jeune homme.

— Pas à Guédelon, objecte Pierrel. Tu crois que ça existait au 13e siècle ?

Le Québécois hausse les épaules.

— Aucune idée. Peut-être que Jean-Bois trouvera ça dans ses livres. Coudonc, je retourne vers mes collègues. Quand j'en saurai plus sur le message, je te le dirai.

— Merci. On va rejoindre Najoie, Tim et les autres.

À l'atelier des couleurs, Baptiste est en grande discussion avec Birtha, une Belge spécialiste de peintures anciennes. Najoie a découvert avec étonnement que ce garçon plutôt empoté est plein de surprises. Habilement il oriente la conversation. Après un clin d'œil à Najoie, il demande à Birtha :

— Vous pouvez nous parler de l'école de Sienne ? C'étaient des peintres italiens du 13e siècle n'est-ce pas ? Il y en a bien un qui s'appelait Guido da Sienna ?

Najoie écarquille les yeux. Comment a-t-il compris cela en voyant Guido si peu de temps ?

— Tout à fait, c'était un grand artiste, répond Birtha. L'école de Sienne a duré très longtemps. Au 13e, ce n'était que le début. Les peintres préparaient leurs peintures avec la technique du collage à l'œuf. Ça s'appelait la tempera.

— Euh… désolée, intervient Najoie, mais moi, mis à part les pots de Brico-travaux et les pinceaux que mes parents m'ont mis dans les mains pour refaire le mur que ma petite sœur avait décoré au feutre un jour où je devais la surveiller…

Baptiste et Birtha éclatent de rire.

— Voici les pigments, dit Birtha en montrant des coupelles remplies de poudres colorées. Ils viennent de minéraux comme le cuivre, l'hématite ou l'ocre si présent en Puisaye, il suffit de regarder la poussière sur nos chaussures... Ils peuvent aussi provenir de végétaux. Pour en faire de la peinture, il faut un liant. Le jaune d'œuf était parfait. C'est la tempera. Ensuite, à la fin du Moyen Âge, les peintres primitifs flamands commencèrent à remplacer le jaune d'œuf par de l'huile : la fameuse peinture à l'huile. Tu comprends ?

Najoie hoche la tête avec un grand sourire. Finalement, être à Guédelon, c'est super pour apprendre. Il faudra qu'elle parle de tout ça à sa prof d'Arts plastiques.

— Ils peignaient sur quoi ? demande-t-elle.

— Les murs comme nous l'avons fait ici dans plusieurs endroits du château, mais aussi sur du bois...

— Du bois ? répète Baptiste de plus en plus passionné.

Najoie repense à la caisse que Guido portait sur son dos. S'il est peintre comme l'a dit Baptiste alors sans doute transporte-t-il ses œuvres dans sa boîte ?

— Du bois ou du parchemin, poursuit Birtha, c'est-à-dire des peaux de chèvres ou de moutons tannées. Pas de papier à cette époque. Il était si rare…

Elle tend une liasse de quelques feuilles à Najoie et Baptiste, du papier bien moderne, qu'ils font glisser entre leurs doigts en prenant conscience de la valeur de ce qu'ils tiennent.

Soudain Pierrel entre dans l'atelier. Il salue Birtha qu'il connaît bien et dit qu'il y a urgence. Najoie et Baptiste doivent le suivre. Birtha leur fait promettre de repasser à son atelier à l'occasion. Ils sortent et rejoignent Pacqueline à l'extérieur. Tim est là également. Seul.

Najoie s'affole. Où est Nouranne ? Elle devrait être avec lui, non ?

— Elle a dit qu'elle allait aux toilettes sèches, mais n'est pas revenue. Je pensais qu'elle était peut-être avec vous.

Najoie est furieuse. Comment Tim peut-il être aussi naïf ? Sa cousine a pu repartir seule vers le 13e siècle. Si oui, quels chamboulements va-t-elle provoquer là-bas ?

Mais Nouranne arrive. Najoie en colère fonce sur elle.

— Calme-toi la crevette ! gronde sa cousine en la repoussant. Si tu me fais suer, je raconte tout sur le passage de la poterne à nos profs et aux adultes du château.

— Personne ne te croira, objectent les jumeaux d'une seule voix.

— Ah oui ? Et si je l'amène, elle, comme preuve ?

Sans qu'ils aient pu le prévoir, Nouranne attrape Pacqueline et lui bloque un bras en arrière. De sa main droite, elle lui enserre le cou.

— Je la prends en otage votre Pacqueline. Vous croyez qu'elle saura expliquer qui elle est autrement que dans le langage des Croisés ?

Tim, Pierrel et Najoie sont fous de rage, mais comment réagir ? Des larmes roulent sur les joues de Pacqueline qui suffoque à moitié. Énergiquement, Baptiste s'interpose entre le trio et Nouranne qui ne relâche pas son étreinte autour de la petite aide-cuisinière.

— Ça suffit ! Lâche-la, Nouranne. On ne sait même pas pourquoi elle est là. Je te rappelle qu'elle a parlé de Guido.

Le nom du jeune Italien ramène Nouranne à la raison. Elle chasse Pacqueline en direction des jumeaux qui l'accueillent en la consolant.

— Qu'est-ce qui se passe ici ? demande Birtha en sortant de son atelier.

— On répète des scènes pour notre film ! répond Baptiste avec beaucoup d'à-propos.

— Tiens, tu pourras peindre là-dessus, dit la jeune femme en lui tendant une petite planche de bois carrée.

— Qu'est-ce que c'est ?

— De l'acacia. Mais sache qu'on n'utilise guère ce bois à Guédelon. Au Moyen Âge il n'y en avait pas en France. Il a été introduit par un botaniste du roi Henri IV nommé Robinier. On appelle certains acacias des robiniers.

Tim et Najoie se tournent vers Pacqueline. Heureusement, occupée par Pierrel qui la cajole, elle n'a pas entendu le nom de ce roi de France qui régnera trois siècles après son époque !

D'autres élèves approchent de l'atelier. Birtha va à leur rencontre. Pierrel entraîne Pacqueline, son frère et Najoie à l'écart. Il les met au courant de ce qu'ils ne savent pas encore : que Pacqueline veut leur aide pour Colin et que le capitaine Jacques sabote les arbres en plantant des clous dedans.

Nouranne écoute. Quand ils parlent à Baptiste de l'homme du passé qui vit dans sa cabane au-delà du moulin, le garçon leur demande comment il est venu du 13e siècle. Les jumeaux ne savent pas. Pacqueline mime le heaume de doigts et dit :

— Toujours pour enfants.

— Oui, approuve Pierrel. Le Chat Casqué n'ouvre l'escalier du Temps que pour des jeunes apparemment.

— Un autre passage ? suggère Baptiste. S'il n'est pas venu par la poterne, c'est qu'il est arrivé ailleurs.

En entendant cela, Nouranne recule lentement, pas à pas. Les autres ne remarquent rien. Ils réagissent trop tard lorsqu'elle s'est déjà élancée au pas de course vers le sentier du moulin.

— Oh non ! gémit Baptiste. Elle croit que votre capitaine Jacques va pouvoir l'emmener vers son Guido.

— Elle se trompe, affirme Tim. S'il en avait eu la possibilité, le capitaine Jacques serait sûrement reparti.

— La rattraper va nous retarder ! constate Pierrel en colère.

Près de lui, Pacqueline est inquiète. Elle doit rejoindre Colin au plus vite.

— Allez-y ! dit Najoie. Je m'occupe de ma cousine.

— Tu es sûre ? demande Pierrel.

— Oui. Rendez-vous dans une heure ici. Profitez bien de l'heure longue pour aider Colin. Moi, pendant ce temps-là, je vais réduire miss pitbull en pâtée pour chiens.

Elle crie ces derniers mots alors qu'elle est déjà en train de courir.

10

Les jumeaux, Pacqueline et Baptiste contournent la loge des charpentiers en courant ce qui leur évite de parler à Jeffrey qui sourit en les voyant si pressés.

— Eh, les jeunes, vous allez choper quelqu'un par le chignon ? leur crie-t-il.

Pierrel se contente d'un grand signe de la main sans lâcher Pacqueline qu'il entraîne de l'autre.

En arrivant au pied de la poterne, ils se regroupent.

— C'est toi qui passes la première pour prononcer la formule, dit Tim à Pacqueline.

Il la retient en bas de l'escalier jusqu'à ce qu'il voie les visiteurs qui montent atteindre la cour. Il fait passer Pacqueline devant lui. Sur la première marche elle dit « Chat tôt, chat tard, reviens repars ». Quand elle voit un reflet brillant au niveau de la niche, elle se tourne vers les autres et mime le heaume de doigts. Le Chat Casqué est là.

En la voyant joindre ses doigts devant son visage pour imiter la visière d'un heaume, Baptiste murmure :

— C'est votre signe de ralliement ?

— Oui, répond Pierrel en le poussant derrière Tim. Le heaume de doigts signifie que le Chat Casqué est apparu et qu'on peut passer.

— Faudra que je dessine ça, dit Baptiste.

— C'est top secret, gronde Pierrel.

— J'ai des carnets de dessins que je n'ai jamais montrés à personne. Tu peux me faire confiance.

Devant eux, Pacqueline sourit, ravie, car elle entend le chat dire :

— Passe le Temps, vive l'heure longue.

Elle murmure :

— *Transit tempus hora vivat.*

Le chat fait un petit miaulement d'approbation.

Quand elle atteint la dernière marche, elle constate avec joie qu'elle est revenue dans sa forêt. Elle va pouvoir rejoindre Colin et Guido qui l'attendent près de la rivière.

Les jumeaux et Baptiste lui emboîtent le pas en passant sur la pierre marquée. En arrivant à la grange, quand Guido saisit Baptiste par les épaules, Pacqueline comprend que ce ne sera pas nécessaire d'expliquer qui sont les garçons qui l'accompagnent.

— Mi ami Baptista Chatardi ! Grand plaisir de te revoir ! dit le peintre.

Colin reste en retrait tandis que Pierrel raconte à Pacqueline qu'ils se sont déjà rencontrés quand ils sont venus avec Baptiste et Nouranne. En entendant ce prénom, Guido s'étonne que « damoiselle Nouranna » ne soit pas avec eux. Tim déclare qu'elle et Najoie arriveront plus tard.

Colin dévisage les trois garçons avec beaucoup de curiosité. À part celui appelé Baptista qui porte des vêtements normaux, les bessons ont une allure bien étrange. Quelle sorte de coquins est-ce là ?

— Eux tes amis d'autre monde ton frère Guillaume m'a parlé ? demande-t-il à Pacqueline qui répond oui.

Ça ne l'étonne pas que Guillaume sache qu'elle connaît des étrangers. Leur père, Blaise le Pierreux, a rencontré Pierrel et Najoie. Il en a parlé à son fils aîné.

Elle présente les jumeaux :

— Pierre-Éloi et Timothée.

Colin les salue d'un signe de tête. Puis elle ajoute :

— Sont venus les trois pour porter aide à refaire machine pour la Saint-Michel.

Guido s'enthousiasme. Voilà une bonne nouvelle ! Seul avec Colin, il ne voyait pas comment relever le défi de reconstruire la scie brisée par les charbonniers en si peu de temps.

— On peut la voir, cette machine ? demande Pierrel.

Ils entrent tous dans la grange sauf Pacqueline qui va récupérer son panier de girolles. Les jumeaux et Baptiste constatent le désastre. Des pièces de bois gisent au sol dans tous les sens.

— Bien ! déclare Baptiste au bout d'un moment. La première chose à faire, c'est de dessiner un plan.

— Et il faut nous expliquer comment fonctionne l'ensemble en nous montrant ses différentes parties, ajoute Pierrel.

Tim sourit. Il reconnaît bien là son frère toujours terre à terre. Ils ressortent de la grange en emportant chacun un morceau brisé. Pour certains tronçons, il faut s'y mettre à deux. Bientôt, tout est à l'extérieur. Colin dispose tant bien que mal les nombreuses parties au sol.

En observant l'ensemble, Pierrel dit :

— Comme ça, on a une vue en éclaté de la machine.

— Tu as le mot pour rire, toi ! lui reproche son frère.

Pierrel se défend aussitôt d'avoir voulu se moquer cruellement de Colin. Baptiste intervient en disant que Guido et Colin ne connaissent pas la perspective et que la notion de vue en éclaté leur est donc totalement étrangère. D'ailleurs ils n'ont pas entendu, ils sont penchés tous les deux sur la caisse du peintre ouverte au pied d'un arbre.

Baptiste les rejoint et examine avec beaucoup d'intérêt ce qu'elle contient. Guido annonce son intention de reproduire le plan de la machine sur un parchemin qu'il montre. Baptiste sort de la sacoche de toile fixée à sa taille deux feuilles de papier prises à Guédelon.

Il en propose une à Guido qui écarquille les yeux et reste bouche bée. Comme l'a dit Birtha dans son atelier, le papier est si rare à cette époque que le peintre n'ose pas toucher la feuille. Sans insister, Baptiste la range dans sa besace avant de se pencher sur le coffre pour en sortir un morceau de fusain bien taillé.

— Ça va me servir de crayon, dit-il.

— Carbo, répond l'Italien.

Baptiste approuve. Le fusain est du charbon de bois, souvent de tilleul, un bois blanc solide qui donne, après une combustion lente, des mines noires parfaites pour les dessinateurs.

En prononçant le mot carbo, le jeune Italien repense aux carbonari, les charbonniers qui rôdent sûrement encore dans les environs. Peut-être sont-ils en train de les épier en vue de les attaquer. Guido conseille de faire vite le plan de la machine pour rejoindre l'abri du château de Saint-Fargeau. Même s'ils sont nombreux maintenant avec le renfort des jumeaux et de Baptiste, ils ne feront pas le poids face à une bande de charbonniers agressifs.

Colin explique le fonctionnement de sa scie. Il montre les pièces constituant le mécanisme. Baptiste dessine. Guido prend un morceau de parchemin et un bâton de son fameux carbo pour faire lui aussi des tracés. Au bout d'un moment, le dessin de Baptiste est achevé. Celui de Guido aussi[2]. Les deux garçons les montrent à Colin et aux jumeaux. Mais les croquis sont totalement différents. Même si toutes les pièces composant la scie sont visibles sur chacun des dessins, celui de Baptiste est le plus réussi. On croirait voir la machine sur le papier ! Guido et Colin sont sidérés.

— Foglio magico ! murmure Guido.

Colin fait très vite un signe de croix.

— Une feuille magique pour t'aider Colin, dit Baptiste.

---

[2] Illustrations p. 154-155.

Pierrel et Tim s'offusquent et tirent Baptiste à l'écart.

— Pourquoi tu leur parles de magie ?

— Ils ne connaissent pas la perspective, je vous l'ai dit. On ne peut pas bouleverser l'histoire des arts en leur expliquant ça au 13e siècle. Mieux vaut qu'ils croient tous les deux que ma feuille de papier est magique. L'urgence, c'est de les aider pour la scie, non ? On est venus pour ça.

Finalement, les jumeaux acceptent ses arguments.

— Tu as compris comment ça fonctionne ? demande Pierrel.

Baptiste hoche la tête et se lance dans les explications en montrant son dessin. Colin et Guido écoutent. Les cinq garçons sont debout en cercle près des pièces posées au sol.

— La machine de Colin est faite pour scier des billes de bois, dit Baptiste. Le morceau de tronc avance à l'horizontale vers la lame de la scie qui est perpendiculaire et verticale.

— Jusque-là, c'est logique, constate Tim. C'est l'inverse de ce que font Jeffrey et Greg, nos bûcherons de Guédelon, quand ils scient à l'horizontale un petit arbre encore debout.

— Tout à fait, approuve Baptiste. Maintenant il faut dans la scie quelque chose pour remplacer la force des bras de vos deux scieurs, n'est-ce pas ?

— La force vient de l'eau ! s'exclame Pierrel. C'est pour ça qu'il y a une roue à aubes comme au moulin. C'est ça qui entraîne la lame.

— Exact ! dit Baptiste. Mais la roue tourne toujours dans le même sens. L'eau ne va pas avancer et reculer dans la rivière. Pourtant, il faut que la lame de la scie monte et descende. Regardez ! dit-il en collant son dessin sous le nez des jumeaux. Vous voyez, ça ? poursuit-il en désignant la lame dentelée. La scie est attachée en haut à deux longs arcs de bois souples et en bas à un assemblage de montants articulés.

Colin tend son index en direction de la feuille en faisant attention à ne pas la toucher. Il montre l'axe de la roue à aubes du croquis de Baptiste en insistant sur les morceaux de bois qui y sont fixés comme les rayons d'une roue de vélo.

— Très important, dit-il.

Puis il encourage Baptiste à poursuivre, ce qu'il fait volontiers.

— Quand la roue tourne, ces sortes de rayons de bois appuient sur les montants articulés et la lame descend. Quand la lame est en bas, les arcs de bois souples du haut qui sont courbés au maximum ne peuvent que remonter la lame.

— Et cætera… et cætera… ajoute Colin

— Ah, ça je connais, dit Tim, notre prof de français nous l'a expliqué, etc. ça veut dire « et ainsi de suite » en latin. Il y a aussi « ad vitam aeternam » qui signifie…

Mais son frère lui coupe la parole.

— On s'en moque un peu de la vie éternelle, là, bougonne-t-il. Donc si j'ai bien compris, la roue à aubes tourne, la lame descend, remonte, descend, remonte…

Vexé, Tim l'interrompt à son tour et dit sur le même ton énergique que prend Pierrel lorsqu'il veut s'imposer :

— La sciure tombe par terre, les planches s'empilent et bravo Colin, tu es un inventeur génial ! Mais pour prouver que ta machine est un super progrès, il faut reconstruire cette scie et vite ! Allez zou ! Tout le monde au boulot.

Puis il se tourne vers son frère qui le fixe les yeux écarquillés.

— Avoue-le, Pierre-Électronique ! dit-il en souriant à son jumeau. Quand tu me vois jouer ton rôle, tu es scié !

Les deux frères n'ont pas le temps de rire, car de grands hou hou résonnent en provenance du chemin derrière les arbres.

— Mince ! Pacqueline ! On l'avait complètement oubliée, dit Pierrel.

Il réfléchit déjà à comment se faire pardonner, mais la petite aide-cuisinière n'arrive pas seule. Elle est perchée sur le siège d'un charroi tiré par un imposant cheval de trait. À côté d'elle, un homme souriant mène l'attelage. Pierrel le reconnaît aussitôt.

— Gaubert ! s'exclame-t-il.

Il se tourne vers Tim, Guido et Baptiste pour leur expliquer que Gaubert est l'oncle de Pacqueline, le frère de son père. Pierrel l'a déjà rencontré et il est ravi de le revoir. Pacqueline saute en bas du charroi pour venir rejoindre les jumeaux. Quand Gaubert descend à son tour, il s'approche de Pierrel et lui tend sa paume ouverte. Pierrel va pour lui donner une poignée de main, mais l'homme enserre l'avant-bras du garçon jusqu'au coude. Comme Pierrel ne réagit pas, surpris par ce geste, Pacqueline intervient.

— Toi faire de même, Pierre-Éloi. Geste de paix d'un homme preux, pour preuve qu'il n'a point quachié de lame dans son bliaud.

Pierrel enserre alors à son tour l'avant-bras de Gaubert qui déclare :

— Maistre Pierre-Éloi, je te donne le bon jour.

— Maistre ? s'étonne Tim. Dis donc, tu es monté en grade depuis la première fois.

Pierrel frime un peu en rappelant qu'il a été avocat devant le roi et que visiblement, ça a marqué les esprits. Son frère lui dit : « Respect ! » Gaubert qui découvre Tim ne cache pas qu'il est surpris par la ressemblance des jumeaux.

— Bien vaigniez, damoiseaux bien nés et bien braves !

Baptiste assiste à ces échanges bouche bée.

— Le prochain qui me cherche, murmure-t-il, je l'envoie bouler avec un truc de ouf du genre : T'es pas bien venu mec mal né !

Pierrel ricane. Ce n'est pas comme ça que Baptiste s'imposera. Il va se faire traiter de cassos. Dommage, cet intello est sympa, il mérite mieux.

En voyant Colin et Guido discuter près du charroi, Tim demande à Pacqueline ce qu'ils font. Elle explique en parlant le plus lentement possible qu'ils examinent les planches et les poutres que Gaubert apporte à Saint-Fargeau au seigneur Philippe. C'est un gros chargement, assez gros pour refaire la machine de Colin.

Elle ajoute :

— Les garçons disent que nous allons prendre li poutres et planches.

— Vous voulez voler ce bois destiné au seigneur ? s'offusque Tim. On va finir aux oubliettes !

Gaubert intervient.

— Mathieu, mien ami, un riche alleutier, a essarté une forêt de son domaine. De grands et bels chesnes abattus, équarris par bûcherons pour poutres et planches épaisses. Bientôt la Saint-Michel. Fin de l'année agricole. Jour important où li paysans apporter redevances au suzerain. Moi conduire ici à l'avance mon charroi rempli du bois cadeau de Mathieu, car lui vousloir changer de seigneur et devenir vassal de Philippe de Toucy.

Après un silence où les trois garçons venus par la poterne réfléchissent aux conséquences de leur présence au 13e siècle, Baptiste finit par prendre la parole.

— Si j'ai bien compris, Mathieu veut se mettre sous la protection du seigneur de Saint-Fargeau et ce bois est son cadeau qu'il n'a pas encore offert. Donc si nous le prenons, c'est Mathieu qui est volé et pas le seigneur.

Il conclut en lançant :

— Rassure-toi Tim, les paysans n'ont pas d'oubliettes.

— Peut-être, mais ils ont des haches, bougonne Tim.

— Et des faux, ajoute son frère, reste à savoir ce qui est le pire !

Longtemps Gaubert discute avec Colin et Guido. Devant la rapidité des paroles en ancien français, Tim et Baptiste se sentent largués. Même Pierrel ne comprend rien. Près de lui Pacqueline le réconforte avec son beau sourire. Finalement, ils partent juchés sur le charroi en direction du village de Saint-Fargeau. Guido a pris Colin en croupe et ils discutent de l'organisation du chantier. Au bord de la rivière du Bourdon ils vont reconstruire la scie à eau. D'abord il faudra décharger les pièces de bois près du moulin de Gauthier. L'oncle de Pacqueline est meunier. Quelques-uns de ses gros sacs de belle farine feront l'affaire à l'entrée de l'hiver en échange du bois détourné de Mathieu. Gautier est persuadé que son ami comprendra. Le riche Mathieu négociera autre chose avec le seigneur pour obtenir sa protection.

Guido est heureux de se rendre enfin à Saint-Fargeau. Seuls les jumeaux et Baptiste ne partagent pas tout à fait l'enthousiasme des autres. En quittant la clairière du Chat Casqué, ils ont tous les trois une pensée pour Najoie et

Nouranne. Elles doivent être face à face avec le capitaine Jacques, au même endroit, mais dans le présent. Non, le futur…

— Merdaille ! jure Baptiste ce qui fait bien rire les jumeaux, le voyage dans le Temps c'est comme ces pas de danse où tu recules en donnant l'impression d'avancer !

11

En fait d'être face à face, Najoie et Nouranne sont dos à dos. Le capitaine Jacques les a surprises l'une après l'autre en jaillissant silencieux comme un renard hors des fourrés près de sa cabane. Il a bondi sous le nez de Nouranne qui n'a rien pu faire quand il l'a attrapée pour la ligoter. Ensuite, ce fut au tour de Najoie d'être piégée. Maintenant, assises par terre, attachées devant la cabane au plus profond de la forêt, les deux cousines pieds et poings liés se tortillent comme des diablesses en s'insultant copieusement.

— C'est de ta faute, pauvre idiote ! crie Najoie que sa cousine impressionne de moins en moins. Si tu n'avais pas filé jusqu'ici, je ne t'aurais pas suivie et je serais avec les garçons au 13ᵉ siècle !

— Espèce d'abrutie attardée ! hurle Nouranne. Moi aussi j'ai envie d'y être au 13ᵉ siècle. Je te rappelle que je suis venue ici pour voir si votre soi-disant prisonnier du Temps pouvait m'aider à retrouver Guido.

— Raté ! Bien fait ! Tu crois que tu intéresserais Guido s'il te connaissait mieux ? Une râleuse comme toi ? Une gourdasse !

Elles continuent à se traiter de tous les noms tout en surveillant le retour de l'homme du passé, car le capitaine Jacques est parti.

Après les avoir attachées avec une corde de chanvre volée dans la loge des cordiers, il les a longuement observées en silence. Puis il a marmonné des paroles incompréhensibles en ancien français. Mais à un moment, il a prononcé le nom de Dunya.

— Dunya ? a répété Najoie. La princesse Dunya des Coumans ?

Le capitaine s'est figé en entendant ce nom.

— Vous la connaistre. Je le comprendre en voyant vos faces brunes.

— Moi, je la connais. Je l'ai rencontrée au château de Philippe de Toucy. Je m'appelle Najoie.

— Moi savoir. Tu estres ennemie de Dunya.

— Non ! Pas du tout. Au contraire, elle est mon amie.

— Mensonges !

— C'est la vérité ! Je connais aussi son petit frère Jonas.

L'allusion au petit prince a semblé convaincre l'homme du passé. Il a pris une petite hache dans sa cabane. Quand les filles l'ont vu approcher avec l'outil, elles ont eu la peur de leur vie. Mais l'homme a rabattu la capuche de sa pèlerine de bure pour passer devant elles sans leur jeter un regard.

Il est parti depuis un bon moment. Au début, elles ont crié de toutes leurs forces pour alerter quelqu'un. Mais personne n'est venu.

— Comment tu as trouvé cette cabane ? demande soudain Najoie. Moi je savais où aller, mais pas toi.

— J'ai marché au hasard et j'ai aperçu un homme bizarre derrière le moulin. Je me suis doutée que c'était lui votre mec du passé. Je l'ai suivi, mais je suis tombée dans son piège.

— Au moins on a ça en commun, admet Najoie, j'ai fait la même bêtise.

— Qui c'est ce type ?

Najoie raconte que Pacqueline en entendant le nom du capitaine Jacques prononcé un jour par Pierrel a affirmé qu'il s'agit du capitaine des gardes du seigneur de Saint-Fargeau. L'homme a disparu et au 13e siècle tout le monde pense qu'il est mort.

— Pacqueline sait qu'il est là, dit Nouranne.

— Mais non. Tu n'as rien compris. Ici, elle se croit dans un château fort en construction dans un autre monde, chez des anges ! On ne la détrompe pas. Si des choses changent dans le passé, le présent pourrait être différent.

Nouranne éclate d'un rire méprisant.

— Parce que tu t'imagines qu'une crevette minable comme toi avec tes deux copains clonés, vous pourriez modifier l'Histoire ? Il y a huit siècles pour réparer vos bourdes jusqu'à notre époque. T'inquiète, tu seras toujours aussi nunuche !

Najoie en rage se tortille dans ses cordes pour se délivrer mais le capitaine revient. Il tient sa hachette ainsi que deux solides bâtons. Les filles se taisent. Il s'approche d'elles et sort de sa pèlerine un couteau que Najoie reconnaît. Elle l'a déjà vu dans la cabane. C'est un de ceux que fabrique son frère Abad à la forge. Elle pousse un cri, mais Jacques lui plaque une main sur la bouche tandis que de l'autre il glisse la lame du couteau entre elles. Il libère leurs mains puis sectionne la corde qui les relie. Il les relève sans ménagement et les bouscule pour les éloigner l'une de l'autre. Les entraves qu'elles ont aux pieds ne leur permettent pas de s'échapper, mais seulement de faire de petites enjambées.

— Vous estre fâchées l'une contre l'autre les ribaudes, constate l'homme en ricanant dans sa barbe. Toi ! gronde-t-il en poussant Najoie qui manque de tomber, et toi, ajoute-t-il en portant aussi la main sur Nouranne qui résiste mieux, vous devez combattre pour purger vostre colère !

Il tend à chacune un bâton.

— Bastonnez ! ordonne-t-il en reculant de deux pas.

Nouranne ricane en désignant sa cousine.

— Vous voulez que j'assomme Najoie ? Trop facile !

Najoie voit rouge. Elle bondit aussi vite qu'elle peut malgré la corde qui l'entrave. Surprise, Nouranne recule, trébuche et tombe à genoux. Najoie lui porte aussitôt un coup à l'épaule. S'appuyant sur son morceau de bois tout frais taillé, Nouranne se relève et frappe sa cousine à la cuisse. Les deux filles reculent en faisant des grimaces de douleur. Jacques les oblige à se rapprocher l'une de l'autre.

— Frappe d'estoc ! ordonne-t-il en posant sa main sur celle de Nouranne pour pointer son bâton vers le ventre de sa cousine.

Najoie parvient à éviter le coup en se tournant de profil. Le capitaine approuve et vient la guider à son tour pour attaquer Nouranne d'un coup à l'horizontale.

— Et de taille ! dit-il.

Nouranne détourne le coup avec son bâton. Les deux bouts de bois s'entrechoquent. Jacques sourit, il hoche la tête, satisfait de ses apprenties combattantes. Les échanges de coups se font de plus en plus rapides. Les filles esquivent bien et ne se frappent plus vraiment vu qu'elles se protègent grâce aux bâtons. Bientôt elles sont en nage, le visage rouge, le souffle court.

Tel un arbitre, le capitaine se met alors entre elles, bras tendus pour les forcer à s'écarter.

— À la merci ! dit-il. Empoindre sans occire. Vous bien apprendre à défendre, petites gueuses.

Il pince successivement les joues des deux filles qui ont le même mouvement de recul. Devant cela, il prend son couteau et tranche l'une après l'autre les cordes qui les entravent. Aussitôt, sans se concerter, elles s'enfuient au pas de course pour retourner au château. L'homme a beau crier pour qu'elles reviennent, elles filent à perdre haleine. Un quart d'heure plus tard, elles arrivent au pied de la tour maîtresse, épuisées, pliées en deux par des points de côté. Elles s'effondrent sur un banc le long de la courtine près de l'entrée de la poterne.

Une fois son souffle repris, Najoie demande l'heure à un visiteur qui répond quatre heures moins dix.

Najoie remercie et réfléchit.

— À quelle heure tu as filé vers la forêt, Nouranne ?

— Trois heures environ.

— Donc ça ne fait pas encore une heure que les garçons sont partis avec Pacqueline. Ils ont pu passer avec elle, car c'est elle qui a prononcé la formule. Elle a le don du chat, ou plutôt, elle l'a hérité de son père.

Nouranne écoute avec attention.

— Le don du Chat, c'est trouver comme par hasard la formule qui fait venir le Chat Casqué ?

— Oui, et la prononcer dans la poterne pour qu'il ouvre le passage.

— J'ai ce don, j'aurais pu partir toute seule pour rejoindre Guido.

— Non, car de notre présent vers le passé, il faut qu'un des jumeaux ou moi, on soit là.

— Il est zarbi votre Chat Casqué.

— Ça, tu l'as dit ! conclut Najoie en riant. On y va ? Là-bas, avec l'heure longue, le Temps s'étire bien plus qu'ici, comme un élastique. Ils ont dû faire plein de choses. J'ai hâte de les retrouver.

Najoie entraîne sa cousine vers l'escalier à un moment où aucun visiteur ne s'en approche. Elle invite Nouranne à passer la première en lui recommandant de ne pas s'amuser à prononcer la formule en verlan ! Pas de temps à perdre. Nouranne dit « Chat tôt, chat tard, reviens repars », le chat apparaît dans la niche de pierre, soulève sa visière et répond « Passe le Temps, vive l'heure longue ». Les filles grimpent et sortent dans la clairière pour avoir la surprise d'arriver en pleine nuit moyenâgeuse !

— Ce n'est pas toujours la même heure qu'à notre époque ? s'étonne Nouranne.

— Mystère de la rotation de la Terre et de la course autour du soleil ! répond Najoie. On vient de franchir presque huit cents ans, cousine. On peut pardonner au chat un petit décalage.

L'animal est déjà en train de filer vers la forêt pour rejoindre son refuge, un endroit que Najoie aimerait bien connaître un jour.

— Tu as dit cousine ? murmure Nouranne.

Najoie se crispe.

— Désolée, ça m'a échappé.

— Non, tu as raison, on est cousines.

Puis, après un silence, elle ajoute :

— Yo ! Cousine, c'était une super méga baston !

Après une seconde d'hésitation, elles rient de bon cœur et se prennent par le bras. Elles doivent trouver un abri. Impossible d'aller jusqu'à Saint-Fargeau en pleine nuit. Najoie se rappelle la grotte de la carrière. Elle y entraîne Nouranne. Un panier de fruits a été laissé là par un œuvrier carrier. Les deux filles s'en régalent puis se calent l'une contre l'autre et s'endorment. La fraîcheur les réveille à l'aube. Elles terminent les fruits en discutant. Quand elles entendent le hennissement d'un cheval, elles s'interrogent : se montrer ou rester cachées ? Nouranne désigne leurs bâtons qu'elles n'ont pas lâchés tout le long de leur course à Guédelon. Ils sont passés avec elles.

— On peut se défendre, dit-elle. Le vieux nous a appris. Sortons !

Najoie obéit tout en pensant au capitaine Jacques. Pourquoi a-t-il eu ces comportements inattendus ? Cet homme est une énigme. Mais pour l'instant, il faut affronter le cavalier qui s'arrête devant elles.

— Holà, qui êtes-vous jouvencelles ? questionne un grand gars du haut d'un cheval noir aussi massif qu'une montagne. Je me nomme Guillaume le Pierreux.

Najoie, soudain rassurée, essaie de parler en ancien français.

— Tu estres li frère de Pacqueline ? Moi, Najoie ! Je connaistre tes parents, Blaise et Ninette, et aussi Lionnet et le bébé.

Guillaume saute à bas de son cheval et s'incline devant Najoie. Il sait qui elle est. Elle vient de ce monde des anges par-delà la lumière où le griffier au heaume a conduit sa jeune sœur. Najoie lui présente Nouranne. Voyant que les filles sont transies de froid, il ouvre une fonte de sa selle et en sort deux châles qu'il jette sur leurs épaules. Il prévoyait ces cadeaux pour sa mère et sa sœur, tant pis, elles comprendront. Les deux cousines s'emmitouflent avec ravissement dans la laine tissée. Guillaume se dit qu'il ne peut pas les laisser là. Il les aide à monter sur le dos de son étalon puis se met en route. Pendant le trajet, il explique qu'il vient pour la Saint-Michel.

Najoie qui est assise devant lui raconte ce que Pacqueline a dit à propos de la machine détruite de Colin. Elle précise que ses amis sont venus pour aider le huchier. Guillaume, très inquiet, talonne son étalon jusqu'à la grange. En voyant les morceaux de la scie brisée dehors, le jeune homme dirige en hâte son cheval vers Saint-Fargeau. Il conseille à Nouranne derrière lui de bien s'accrocher à sa taille. Ce qu'elle fait volontiers en se disant que les gars du Moyen Âge sont trop cool et que cette classe médiévale, elle n'est pas près de l'oublier.

Au même moment, le capitaine Jacques vide une bouteille à la régalade. Affalé contre le tronc du chêne abattu par Jeffrey, il ressasse sa déception. Les filles se sont enfuies alors qu'il commençait à créer un contact avec elles, en particulier cette Najoie qu'il avait vue un jour dans sa cabane. Il voulait lui demander de parler de lui à la princesse Dunya et si nécessaire de la défendre…

Mais les deux apprenties combattantes ont eu peur du vieux maistre d'armes. Est-il si effrayant en ce monde étranger ? Il pense à tout ce qu'il a perdu. Près de lui, sa bouteille vide roule. C'était de la bière semblable à celle de son époque qu'il paie une maille à l'auberge de Saint-Fargeau. Il l'a volée à la Taverne de ce maudit castel en construction. Il a bu, la mort dans l'âme, pour oublier que dans sa maison où il ne peut pas repartir, sa femme et son fils sont seuls, sans protection.

12

Un groupe d'enfants menés par Lionnet, le petit frère de Pacqueline et Guillaume, accompagne en riant l'étalon noir et son cavalier jusqu'au moulin de Gaubert. Nouranne et Najoie les intriguent beaucoup. Elles ressemblent à la princesse Dunya qu'ils voient souvent lorsqu'elle sort du château pour venir se promener au village en compagnie de Pacqueline qu'elle considère comme sa seule amie.

Devenue orpheline à Constantinople, Dunya des Coumans a quitté son lointain Orient natal avec son noble demi-frère aîné, le seigneur de Toucy. Philippe l'a ramenée, ainsi que son petit frère Jonas, jusqu'à Saint-Fargeau sous la garde de soldats croisés aux ordres du capitaine Jacques. Totalement perdue à son arrivée en Puisaye, elle n'a retrouvé son sourire que grâce à sa servante Pacqueline.

Le petit Jonas vient s'accrocher à la longue jupe de sa sœur en clamant que des visiteurs approchent. Dunya repousse gentiment le bambin et arrange son vêtement. Pacqueline l'aide à lisser les pans de son mantelet que Jonas a froissé.

— Vil garnement ! dit la princesse.

— Mais Najoie revient ! insiste le petit garçon. Elle arrive avec Guillaume le charpentier.

Les deux jeunes filles se réjouissent de cette nouvelle. Elles n'ont aucun secret l'une pour l'autre. Dunya a déjà rencontré Najoie et Pierrel et depuis la veille, elle connaît aussi Timothée, le besson de Pierre-Éloi, ainsi que Baptiste et Guido da Sienna. Tous ces surprenants et nouveaux visages enthousiasment la jeune princesse.

— Attendons-les icitte, dit Pacqueline.

Elles sont côte à côte au bord de la rivière Bourdon et regardent Colin assembler les pièces de bois déchargées du charroi avec les garçons venus d'ailleurs. Quelques paysans observent de loin tout ce remue-ménage. Ils discutent en secouant la tête. Par Dieu, quelle histoire cette construction d'une machine imaginée par un simple huchier !

Ce garçon aurait dû rester à sa place et ne pas se fourvoyer dans de telles bêtises. Par surcroît, il a pour aides des forbans venus de nulle part ! Qui sait comment réagira le seigneur Philippe lorsqu'il apprendra tout cela à la Saint-Michel ?

En entendant les rires des enfants qui déboulent autour de la princesse en parlant de « sœurs de Dunya », Pacqueline se retourne et découvre Najoie montée sur le cheval noir avec son frère. Elle avertit les jumeaux :

— Najoie est là !

Mais quand elle voit Nouranne dans le dos de Guillaume, son sourire s'efface et son visage affiche une violente colère. Cette fille a voulu l'étrangler. Elle ne risque pas de se réjouir de son arrivée.

Les jumeaux lâchent leur ouvrage et se précipitent avec Baptiste pour récupérer leurs amies à leur descente de cheval. De grandes embrassades font glousser de rires des gamins autour d'eux. Une femme en noir s'approche et attrape un jeune garçon par la main. Il proteste, refusant de suivre sa mère.

— Jacquinot, si ton père estre encore là, tu obéirais !

— Lui parti, réplique le gamin, jamais lumière des marches ne le rendra.

Najoie qui passe près d'eux pour rejoindre Pacqueline s'étonne de ces mots. Elle se retourne pour regarder la femme et son fils, mais ils s'éloignent déjà. L'accueil glacial de Pacqueline lui fait oublier l'incident.

— Pourquoi cette Nouranne fol dingo venir icitte ? râle Pacqueline.

— Elle ne te fera plus de mal ! affirme Najoie.

— Elle a li diable au corps ! Jamais ne sera mienne amie.

Elle croise les bras, tape du pied et tourne le dos en marmonnant que le griffier au heaume est devenu un « fol-chat ». Pierrel a beau lui donner des explications après avoir écouté le récit de Najoie sur leur rencontre étonnante avec le capitaine Jacques, la petite aide-cuisinière n'en démord pas. Tant que Nouranne sera là, elle ne s'esbaudira pas de bon cœur.

Colin a rejoint Guillaume. Devant les morceaux de planches et les poutres, ils discutent et Colin montre à son ami charpentier le parchemin de Guido avec le plan de la scie hydraulique. Personne n'a jamais osé toucher la feuille de papier où Baptiste a reproduit la machine en perspective. Du coup, il l'a mise dans la poche de sa biaude.

Les heures passent. Tout le monde s'active autour de l'emplacement choisi pour assembler la scie. Il faut calculer la distance pour que la roue à aubes plonge suffisamment, mais pas trop, dans le courant du Bourdon. La berge est consolidée pour supporter le poids de l'appareil. Sur un espace bien horizontal, les jumeaux et Baptiste posent des planches jointives pour faire un plancher d'épures.

Guillaume, promu maître d'œuvre par toute l'équipe, fait des tracés avec sa pige graduée du pouce à la coudée. Quand il l'a sortie de la fonte de sa selle où il range ses outils, cette règle a rappelé à Nouranne et Baptiste celle de Damien Faucre à Guédelon. Ils se sont regardés en silence. Que font leurs camarades huit siècles plus tard ?

Sont-ils toujours dans les différents ateliers du chantier ? Est-ce bien sûr qu'ils pourront repartir et qu'il ne se sera passé qu'une heure en tout et pour tout ? Si ce n'est pas le cas, soit ce sera le conseil de discipline, soit passer sa vie au Moyen Âge ! D'un geste de la main, Baptiste balaie ses doutes. Qui vivra verra. Quoi de plus excitant que d'être là en train de travailler sous les ordres de Guillaume ?

Le jeune charpentier est d'une efficacité remarquable. Il exécute ses mesures avec une corde à treize nœuds. Il répartit les tâches à ses œuvriers amateurs avec calme. Motivé, chacun fait de son mieux. Les berges du Bourdon résonnent de coups de hache et de départoir, de bruits de scies et de ciseaux à bois. Tout le monde est en parfaite accointance. Il ne s'agit pas de lanterner. Un treuil à bras et un moufle sont apportés du château pour soulever les éléments les plus lourds. Petit à petit le châssis de la scie prend forme, les pièces sont positionnées et les chevilles enfoncées à coups de maillets dans le beau chêne du sieur Mathieu, ami de Gaubert.

La nuit tombe trop tôt pour pouvoir faire un premier essai de sciage. Gaubert et Colin restent dormir sur place pour surveiller le chantier. Pas question que des charbonniers viennent à nouveau tout détruire. Dunya est partie en emmenant Guido. Le jeune Italien doit se présenter au seigneur Philippe. Nouranne l'a regardé suivre la belle Orientale avec un pincement de jalousie. Pourtant il a passé la journée à travailler avec elle, lui prouvant par mille gentillesses qu'elle lui plaît.

Les jumeaux avec Baptiste et les filles se rendent chez Ninette la maman de Pacqueline, Guillaume et Lionnet. Comme la veille, elle offre gîte et couvert aux visiteurs venus du futur. L'épais bouillon de légumes qu'elle verse dans les écuelles de bois remplit les estomacs. Tout le monde dévore ensuite une grande tranche de pain avec du fromage de chèvre. De belles pommes complètent le festin. Puis filles et garçons se rendent dans la grange où la paille est encore odorante de l'été. Les filles, en plus de leurs châles, s'emmitouflent dans des couvertures de laine prêtées par des villageoises. Les garçons s'allongent sous des toiles de jute. Les jumeaux portent des vêtements d'époque depuis le matin. Najoie en aura dès le lendemain. Guillaume surveille la joyeuse équipe qui sombre vite dans un sommeil profond. Les courbatures se feront sentir plus tard. Mais personne ne s'en plaindra, car demain, c'est la grande fête. Demain, c'est la Saint-Michel.

13

Dès le lever du jour, les coqs du village réveillent en fanfare les apprentis œuvriers du futur. Bon gré mal gré, chacun se lève. Après un débarbouillage rapide avec l'eau tirée du puits, ils vont s'installer dans un silence ensommeillé autour de la planche posée sur des tréteaux qui sert de table. Ninette apporte des écuelles et des cuillers en bois. Pacqueline, Najoie et Nouranne lui prêtent la main. Au menu, pain, saindoux, lait chaud, fromage, œufs durs, galettes et miel. Colin, Guillaume et Gaubert sont présents. Quand tout le monde est rassasié, les jumeaux et Baptiste aident les filles à débarrasser les couverts. Les regards choqués des hommes font réagir Pacqueline.

— Équalité fillot fillotte en l'autre monde ! dit-elle en riant. Et maintenant à la messe !

Les jumeaux, les cousines et Baptiste s'étonnent : une messe ? Tim explique qu'ils ne peuvent pas y couper. C'est la Saint-Michel. Toute l'activité du village est réglée sur la vie religieuse.

— Et nous ? demande Najoie avec un regard vers Nouranne.

Jeunes musulmanes, elles ne savent comment réagir. D'autant qu'ils sont en plein dans la période difficile des croisades. Baptiste intervient.

— J'ai visité la mosquée de Paris avec mes parents. Entrer dans un lieu saint n'oblige personne à adopter la religion de ses fidèles. L'essentiel c'est le respect.

Les filles sont d'accord. Elles seront discrètes. Quand la petite troupe arrive devant l'église, les jumeaux et Najoie sont très étonnés de la découvrir si différente de celle qu'ils connaissent. L'église Saint-Ferréol a été construite plus tard, à la fin du 13e siècle. Celle où ils pénètrent n'a rien à voir. C'est plutôt une grande chapelle. Ce qui les surprend le plus, c'est le va-et-vient constant des villageois qui entrent, discutent, ressortent, alors qu'un prêtre dans le chœur dit sa messe de la Saint-Michel en latin sans paraître gêné par tant d'activité. Pierrel constate :

— Le prof d'histoire nous a raconté qu'autrefois les églises étaient des lieux de rencontres et que les fidèles étaient debout… mais je ne pensais pas que c'était à ce point-là ! Comment allons-nous retrouver Guido et Dunya ?

— Sont près du chœur, dit Pacqueline en les entraînant.

Ils longent la nef centrale, le nez en l'air, sidérés par toutes les peintures colorées qui ornent les murs jusqu'à la voûte. Baptiste a un sourire banane devant ce décor. Ils arrivent près de panneaux de bois ajourés qui séparent les paysans dans la nef des nobles autour de l'autel. Le seigneur Philippe et sa famille sont assis de chaque côté du prêtre qui officie.

— Li Père Boniface, précise Pacqueline, chapelain du seigneur Philippe. Dunya là-bas, dit-elle en montrant la princesse des Coumans à l'écart dans un renfoncement richement décoré.

Discrètement, ils la rejoignent. Guido est en sa compagnie. Heureux de se retrouver, ils examinent ensemble les plaques de bois accrochées au mur. Ce sont des portraits de saints auréolés d'or vêtus de couleurs somptueuses.

— Des icônes ! murmure Baptiste.

Voyant l'incompréhension des autres, il explique que Dunya a sans doute rapporté ces œuvres d'art de Constantinople.

La princesse sourit en entendant le nom de sa ville natale. Elle dit à Baptiste :

— En vérité, objets sacrés offerts à mien grand-père, roi des Coumans.

Pierrel précise que le roi Jonas s'était converti au catholicisme.

— Comment tu sais ça ? s'étonne son frère.

— Recherches sur internet où on trouve aussi des icônes… mais d'un autre genre ! Je peux même vous dire pourquoi ces petits tableaux sont peints au fond d'un carré de bois creusé. Tu permets ? demande-t-il à Guido qui tient une icône.

Il prend l'objet, le retourne et le pose à l'envers sur un rebord de pierre devant lui. Tous ses amis font un petit cri d'horreur. Sauf Dunya qui sourit en hochant la tête. Elle félicite Pierrel. Il a tout compris. Voilà comment voyagent les icônes et pourquoi ces tableaux sacrés ne s'abîment pas. Empilés les uns sur les autres, ils sont protégés par le cadre de bois en relief autour de l'image peinte. Guido apprécie.

— À mon avis, dit Baptiste, Guido parlera de ça pour de futures peintures sur bois comme les retables !

Un brouhaha soudain dans la nef empêche les autres de demander l'explication de ce mot. Tous les regards se tournent vers la porte grande ouverte de l'église où sur le seuil se tient un homme en costume de voyage. Autour de lui ses compagnons forment un groupe impressionnant. Certains sont restés à l'extérieur, tenant leurs chevaux par la bride. À eux tous, ils sont bien une cinquantaine. Les villageois se sont tus et observent les étrangers. Ce ne sont pas des gens menaçants, c'est certain, mais ils constituent une troupe puissante.

La messe est finie. Le père Boniface sort du chœur et dans l'allée centrale il s'avance vers les nouveaux venus suivis du seigneur Philippe et de sa famille. Dunya les rejoint en hâte et le groupe d'amis guidé par Pacqueline se faufile près du bénitier de l'entrée. De là, ils assistent à la rencontre.

— En ce jour de la Saint-Michel, bénissez-nous mon Père, dit l'homme sur le seuil. Sommes bâtisseurs de cathédrales de retour de Hongrie où, en la cité de Kosice, avons basti grande maison-dieu consacrée à l'archange saint Michel, le plus puissant et le plus beau de tous les anges du ciel.

Un silence incroyable succède à ces mots. Le père Boniface fait un ample signe de croix pour bénir le groupe d'hommes auquel répond un « amen » prononcé par toute l'assemblée. Le seigneur Philippe s'avance jusqu'à l'homme immobile et dit :

— Je suis Philippe de Toucy. Bien vaigniez en mes terres sieur bâtisseur.

— Merci messire. J'ai nom Villard de Honnecourt, magister architecte, ingénieur, dessinateur.

Il se tourne en direction de ses hommes et les présente :

— Mes œuvriers, artisans libres, maistres en leurs professions.

Les cinquante hommes poussent ensemble un cri de ralliement en l'honneur de leur magister. Les villageois répondent par des saluts d'accueil. La fête peut commencer. Chacun a la joie au cœur.

Les paysans du fief de Toucy sont là pour payer leurs redevances à leur seigneur. Des moines d'un monastère tout proche font office de collecteurs des impôts dus au suzerain. Les hommes paient la taille pour la protection du seigneur, le cens pour le loyer de leur terre et le champart en fonction de leur récolte. Les années sont bonnes depuis une décennie. La Puisaye est prospère. Les paysans poyaudins ne cachent pas qu'ils sont satisfaits. Une foire aux bestiaux a lieu pour l'occasion. Guillaume veut acheter deux chevreaux pour sa mère. Colin le suit avec l'intention de l'aider à porter les bêtes. Mais brusquement deux bûcherons déboulent sur la place du village et interpellent le jeune homme en brandissant leur scie sous son nez.

— Briseur de travail avec ta machine du diable !

— Maudit huchier qui veut voler notre gagne-pain.

Un attroupement se forme. D'autres bûcherons se regroupent. Gaubert et Guido viennent à la rescousse de Colin. Les esprits s'échauffent.

— Ils vont se battre ! s'exclame Nouranne inquiète de voir Guido dans la mêlée.

Elle lève son bâton qui ne la quitte plus et fonce près de lui. Najoie n'hésite pas et la suit en courant. Les jumeaux et Baptiste restent bouche bée en voyant les deux filles se précipiter dans ce qui devient une bagarre générale. Des coups pleuvent, des poings et des pieds frappent un peu au hasard. Les deux cousines sont de chaque côté de Guido et font tournoyer leurs bâtons. Des hommes impressionnés reculent devant la hargne de ces deux furies venues d'ailleurs.

Les gardes du seigneur arrivent au pas de course avec les œuvriers de Villard. Très vite, tout le monde est calmé. Mais Guido aperçoit au loin les charbonniers de la grange du Bourdon. Leurs regards sont toujours aussi haineux. Quand il les voit s'éloigner, il prévient Colin :

— Ta machina ! Carbonari vousloir sa destruction !

Les jumeaux, les filles et Baptiste crient :

— Tous à la rivière !

La foule les suit.

— Quelle machine ? demande Villard à Philippe de Toucy.

Le seigneur explique à l'ingénieur qu'un huchier du village a conçu une machine à eau pour scier des troncs d'arbres. Villard fronce les sourcils. Voilà qui l'intéresse beaucoup. Il pense lui-même depuis longtemps à une telle scie. D'un commun accord les deux hommes se rendent au bord de la rivière. La foule des villageois a fait fuir les charbonniers. Groupés devant la scie, les œuvriers de Villard s'écartent pour laisser passer leur magister. L'ingénieur examine la machine sous tous ses angles.

Colin et Guillaume restent figés comme des statues pendant cette inspection qui leur semble durer une éternité. Derrière eux l'équipe formée par les jumeaux, Najoie et Baptiste est tout aussi anxieuse. Nouranne est avec un Guido définitivement séduit qui la regarde bien plus que la machine. Il lui a pris la main. Voyant cela, Pacqueline se dit qu'une mauvaise fille n'aurait pas su plaire au gentil Guido qui a voulu la protéger dès leur première rencontre. C'est donc que Nouranne mérite son pardon.

— Ce bois est trop dur et cestui-là trop tendre ! conclut l'ingénieur en montrant d'abord les deux grands arcs de bois qui remonteront la scie, puis les rayons de l'axe qui appuieront sur le pantographe.

Colin pâlit. C'est fini. Il est ridicule, sa machine ne peut pas fonctionner. Mais Villard se tourne vers ses hommes et leur donne des ordres précis.

— Trouvez du frêne, un bois souple pour les arcs, ainsi que du buis, un bois dur pour les rayons de l'axe.

Des outils sont sortis des fontes des selles. Colin et Guillaume prennent aussi les leurs. Villard demande :

— Qui est le huchier ?

Colin avance d'un pas. L'ingénieur propose à ses oeuvriers d'accepter le jeune homme parmi eux, ce qu'ils font volontiers en invitant aussi Guillaume.

En moins de temps qu'il ne faut pour le dire, les hommes de Villard reviennent avec ce que le magister a demandé. Ils s'activent autour de la machine. Très vite les mauvaises pièces de bois sont remplacées. C'est l'heure du verdict. Le premier essai se fait avec le tronc d'un jeune chêne. Tout le monde s'écarte. La roue à aubes tourne.

Villard invite Colin à pousser le tronc en direction de la scie. Chacun retient son souffle. Pacqueline attrape la main de Pierrel qui entrecroise ses doigts aux siens. Tout va se jouer en quelques minutes. Colin dirige le tronc en direction de la lame qui descend, attaque le bois, remonte, redescend... ainsi de suite avec un bruit impressionnant vu le silence de plomb. La sciure s'envole en parfumant l'air d'automne d'une bonne odeur de bois fraîchement coupé. Le tronc arrive à son extrémité. Ses deux moitiés sont récupérées par des hommes de Villard qui les relèvent côte à côte pour les montrer à tous.

Des cris d'enthousiasme éclatent. La coupe est parfaite. Quand le calme revient Villard s'approche de Colin et lui tend le bras. Le jeune homme, heureux au-delà de l'imaginable, enserre l'avant-bras de l'ingénieur.

— Colin de Saint-Fargeau, déclare le magister-architecte, si ton seigneur Philippe en est d'accord, tu partiras avec moi demain. Tu feras désormais partie de mes œuvriers. Ta machine, nous l'améliorerons sur nos chantiers. Mais en ce jour, par la grâce de Dieu, pour cette scie, je t'octroie le surnom de Colin le maître-chêne.

Des vivats retentissent le long de la berge couverte de monde. Guido lâche la main de Nouranne et se dirige vers Villard. Il lui tend son parchemin où il a dessiné le plan de la machine. Villard l'examine puis regarde le jeune peintre qui se présente. L'architecte hoche la tête et le complimente. Ils discutent un moment puis Guido revient près de Nouranne avec des étincelles dans les yeux. Les jumeaux, Najoie et Baptiste les rejoignent. Guido annonce qu'il va partir lui aussi avec Villard de Honnecourt. Dunya s'approche. Les jeunes font cercle autour d'elle et de Guido. Elle prend la parole en montrant leurs amis près d'eux :

— Guido da Sienna, ne nous oubliez point.

— Je promets Princesse Dunya de peindre un jour un tableau en l'honneur de vous avec Sainte Dame et l'Enfant-Dieu. Il y aura arbre étrange comme venu du monde de nos amis d'ailleurs. Il y aura li rois mages avec l'or, l'encens et la myrrhe, qui sont richesses de l'Orient, votre pays. Il y aura belle tour comme celle-ci…

Suivant son regard, tous se tournent vers le donjon du château, teinté de rose. Guido poursuit :

— Et il y aura grands motifs bruns pour rappeler la scie et le bois qui nous a réunis. Je le jure par dieu, je le ferai.

Puis il se penche vers Nouranne et murmure à son oreille :

— Et j'y mettrai animaux noirs et blancs, pour mémoire du chat qui vous mena à moi, ma guerrière Nouranna.

14

— Nous devons repartir.

Pierrel répète ces mots pour la troisième fois. Mais personne ne veut l'entendre, pourtant chacun sait qu'il a raison. Impossible de se quitter ! Pacqueline est triste même si elle est sûre qu'elle reverra Pierre-Éloi. Nouranne et Guido se disent adieu à l'écart et personne ne les dérange.

Tim et Najoie s'approchent de Pierrel près de la pierre marquée. Ils reviennent de la grange. Avec le charroi Guillaume et Gaubert ont récupéré le bois de la première scie détruite. Il sera utile dans la cheminée de Ninette.

Tim dit à son frère :

— Devine ce que nous avons vu ! Des hommes de Villard ont planté une tige de fer dans un jeune chêne.

— Quoi ? s'exclame Pierrel. Vous pensez que ce pourrait être notre fameux message gravé ?

— Un chêne ne vit pas huit siècles, murmure Najoie. Est-ce que tous les deux cents ans quelqu'un remettrait la tige dans un jeune arbre ?

— Pourquoi pas ? dit Pierrel. Une confrérie de bûcherons à travers les siècles peut-être. Jeffrey nous dira ce qui est gravé sur notre tige, il doit avoir la réponse maintenant. Nous devons repartir !

Cette fois tout le monde est d'accord. Guédelon les attend.

Baptiste va chercher Nouranne et dit adieu à Guido en lui tendant le petit carré d'acacia que Birtha lui a offert. Le peintre l'examine avec surprise. Quel bois est-ce là ? Baptiste fait « chut ! » avec son index sur ses lèvres. Guido sourit. Du bois magique... Il se tourne vers Nouranne en promettant qu'il la représentera sur cette icône. Il lui donne un baiser et enfourche son cheval pour rattraper au galop la troupe de Villard de Honnecourt. Colin est dans le groupe sur un cheval offert par le seigneur Philippe en échange de la scie. Elle restera sur la rive du Bourdon pour faciliter le travail des bûcherons, en particulier celui des scieurs, désormais rassurés.

Guido parti, Nouranne et Baptiste rejoignent les autres à la pierre marquée. Guillaume vient chercher Pacqueline. Ils rentreront ensemble jusqu'à Saint-Fargeau dès que l'escalier de lumière aura emporté leurs amis. Nouranne prononce la formule « Chat tôt, chat tard, reviens, repars ». Le Chat Casqué apparaît. Guillaume n'en croit pas ses yeux quand l'animal soulève sa visière et lui fait un clin d'œil. Lorsqu'ils ont tous disparu en haut des marches lumineuses l'escalier s'efface dans un éclair brillant. Le griffier au heaume redescend, salue à sa manière Pacqueline et Guillaume en miaulant, puis rabaisse sa visière et galope vers la forêt.

À l'autre bout du Temps, en arrivant sous l'appentis, Nouranne et Baptiste sourient. Ouf ! Ils sont de retour. Retentit alors la voix de leur prof de maths.

— Chatard et Bensarid ! Il est seize heures et vous êtes exacts au rendez-vous. Bravo ! Tout le monde en place. On tourne !

Dans le dos de Baptiste, les jumeaux et Najoie s'immobilisent. Face à eux, des caméscopes sont sur pieds. Plusieurs élèves s'apprêtent à filmer. Les trois amis veulent filer discrètement loin des prises de vue, mais le prof d'histoire les reconnaît et dit :

— Vous pouvez rester si ça vous tente. Votre père a été très sympa. On vous enverra une copie du film.

— Mais nous ne sommes pas… commence Tim.

Il s'arrête. Il allait dire… « pas en costume du Moyen Âge », mais si, ils le sont tous les trois. Mince, quelle bourde ! Ils se sont tellement bien adaptés au 13e siècle qu'ils ont oublié leurs vêtements modernes chez Ninette. Heureusement Pacqueline les cachera en attendant la prochaine fois. Mais que dire à leurs mères ? Une fausse explication fera l'affaire. Quelque chose du genre : on a mis nos habits dans la soute d'un car, mais ce n'était pas celui de la classe de Nouranne.

Ils se retrouvent donc acteurs, ce qui leur plaît beaucoup. Baptiste remporte un franc succès devant les caméras en dessinant au sol la façade d'une cathédrale avec des figures géométriques.

— Voici la recette, dit-il. Prenez un carré, posez un triangle équilatéral dessus. Dressez deux rectangles de chaque côté, coiffez-les de deux triangles isocèles et voilà, le tour est joué : vous avez devant vous la façade de Sainte-Puzzle !

Tous les élèves rient devant la surprise du prof de maths qui conclut :

— Bravo ! On a bien fait de t'amener dans ce château, Chatard !

— Merci m'sieur ! répond Baptiste en se tournant vers les jumeaux, pouces levés en signe de victoire.

Quand les prises de vues sont finies, Nouranne et Baptiste restent avec leurs camarades de classe tandis que Tim, Pierrel et Najoie vont voir Jeffrey.

— Vous tombez bien les jeunes ! dit-il en tendant la tige de fer à Pierrel. J'ai votre réponse.

Trois mots sont gravés : « Testes de fuelles ». Ça vous évoque quelque chose ?

Les garçons et Najoie échangent des regards. C'est de l'ancien français, mais ils ne veulent pas le dire à Jeffrey.

— Rien du tout, ment Pierrel. Jean-Bois a dit qu'un fou avait mis cette tige dans l'arbre. Au fait, les bûcherons ont trouvé d'autres clous ?

— Non, répond Jeffrey. Ça semble fini cette histoire.

Comme un collègue du Québécois l'appelle pour aller marcher avec lui dans la roue à écureuil, il dit au revoir et s'éloigne.

— Si le capitaine Jacques continue de perturber le chantier, dit Najoie, je lui demanderai d'arrêter.

— Quoi ? Tu veux retourner te faire ligoter et bastonner ?

— À mon avis, il n'est pas méchant, dit-elle. Il est surtout malheureux.

Elle parle à ses amis de sa rencontre près du Bourdon avec une veuve et son fils.

— Le garçon s'appelle Jacquinot ce qui veut dire Petit Jacques. Il a dit à propos de son père : « Jamais lumière des marches ne le rendra. »

Les jumeaux réfléchissent. En effet, cela mérite d'être vérifié.

— Nous irons le voir ensemble, déclare Tim. Pas question que tu prennes des risques toute seule.

— Il m'a appris à me défendre. Il ne nous voulait pas de mal à Nouranne et moi. Vous ne devinerez pas ce que ma cousine m'a avoué pendant qu'on travaillait ensemble au 13e siècle : elle est harcelée par des mecs dans son quartier. Elle a peur d'eux, mais elle va repartir avec son bâton, plus sûre d'elle, mais dans le bon sens. Elle a changé. Je l'aime bien maintenant.

Les jumeaux sont d'accord. Ce séjour à Guédelon aura été bénéfique autant pour Nouranne que pour Baptiste. Quant à eux, ils ne regarderont plus jamais de la même manière le travail des bûcherons et des charpentiers de Guédelon.

Au pied du bus prêt à repartir pour Évry, les embrassades entre Najoie, sa cousine et les autres filles de la classe se prolongent. Le séjour a été formidable, personne ne veut rentrer. Mais les profs rouspètent. Les parents vont attendre à l'arrivée. Il faut s'en aller.

Nouranne montre à Najoie Baptiste qui bavarde avec les jumeaux.

— Lui et moi allons créer un blog sur notre séjour, dit-elle. Baptiste expliquera la technique des icônes et la recette des peintures à l'œuf sur du bois de tilleul. Moi je mettrai le tableau de Guido. Je l'ai trouvé sur le net.

— C'est vrai ? Il l'a fait ?

Émue, Nouranne se contente de hocher la tête, les yeux brillants. Najoie se serre contre elle et dit :

— Je le chercherai aussi. Je reconnaîtrai la tour rose.

Les profs obligent les élèves à monter dans le car. Baptiste dit à Pierrel :

— J'aimerais vous laisser ça.

Il tend la feuille sur laquelle il a reproduit la machine de Colin en perspective.

— Personne n'en a voulu dans le passé, dit-il, mais si quelqu'un est intéressé à Guédelon…

Les jumeaux le remercient. Ils donneront le dessin à Jean-Bois. Une scie hydraulique du 13e siècle, ça plaira sûrement aux œuvriers. Après de grands au revoir à travers les vitres, tout le monde s'assoit, boucle sa ceinture et le car démarre. En revenant vers la maison du gardien, les jumeaux et Najoie continuent à discuter.

— Qu'est-ce qu'on fait de la tige de fer ? demande Tim.

— J'ai appris que Testes de fuelles voulait dire Têtes de feuilles, dit Najoie.

— Tu as trouvé ça où ?

— Ah ah… répond-elle avec un air moqueur. Dans le carnet de Villard de Honnecourt. Il a dessiné des visages entourés de feuilles nommés Testes de fuelles[3]. Un de ces visages représente peut-être Colin le maître-chêne.

Les jumeaux sont contents. Leur aventure a laissé des traces jusque sur internet.

---

[3] Illustrations p. 156-157.

— Pour répondre à ta question Tim, dit Pierrel, je vais demander à Jeffrey de remettre la tige dans son tronc qui deviendra une poutre du château.

— Super idée ! dit son frère. Comme ça, à travers le Temps, le maître-chêne « tête de feuilles » veillera sur Guédelon.

15
Epilogue

Sa carte d'embarquement à la main, Jeffrey cherche la porte C pour passer le contrôle de sécurité. L'aéroport de Roissy est rempli de voyageurs pour les vacances de Toussaint. Le nez en l'air, Jeffrey heurte une jeune fille distraite qui regarde son téléphone.

— Désolé ! dit le bûcheron en la retenant.

Elle s'accroche à lui et remarque son T-shirt avec le logo de Guédelon.

— Vous connaissez Guédelon ? demande-t-elle. J'y vais.

— Vous verrez, c'est génial. J'y ai travaillé un an. Après deux semaines à Paris, je rentre chez moi au Québec.

— J'y suis venue quand j'avais six ans. Ça a dû changer.

— Oh oui ! Je vous donne un petit livre *Deviens incollable sur Guédelon*. J'en ai plusieurs dans mon sac. Je m'appelle Jeffrey.

— Moi Steffi. Le gardien M. Rudari vient me chercher. J'attends son SMS, dit-elle en agitant son téléphone.

— Pas de souci, Fabrice va arriver. Vous êtes une amie des jumeaux ?

— Je dois loger chez eux. Mon père…

Elle hésite, ses lèvres tremblent un peu. Finalement elle achève sa phrase :

— … m'envoie me reposer. M. Rudari est son ami d'enfance.

— Vous allez être chouchoutée. Je resterais bien pour voir Fabrice, mais mon avion va décoller. Bon séjour à Guédelon, Steffi.

Il fait un signe de la main et s'éloigne en slalomant entre les voyageurs. Elle le suit du regard. Dommage qu'il s'en aille. Il est sympa. En attendant le message de Fabrice, elle va s'asseoir. Son avion en provenance de Cologne était pile à l'heure. L'efficacité allemande ! Elle pose son sac par terre. Elle n'a que ce bagage et pour cause.

Elle n’a plus rien. Sa maison a brûlé. Tout a été détruit et surtout sa famille, car le cœur très fragile de sa maman n’a pas résisté au drame.

Elle secoue la tête. Six mois déjà. Elle doit oublier. Au hasard elle ouvre le petit livre. Un mot l’accroche : la poterne. Qu’est-ce que c’est ? Elle le saura tôt ou tard. Ce château, elle y revient et Jeffrey en repart. Elle appuie sa tête au dossier et ferme les yeux. Pour chasser les flammes qui brûlent encore derrière ses paupières, elle chantonne :

— Château, tôt ou tard, je reviens, je repars…

La petite phrase se modifie et devient « Chat tôt, chat tard, reviens, repars ». Juste avant que son téléphone sonne, elle se fait la promesse de prononcer ces mots quand elle découvrira la poterne.

Illustrations

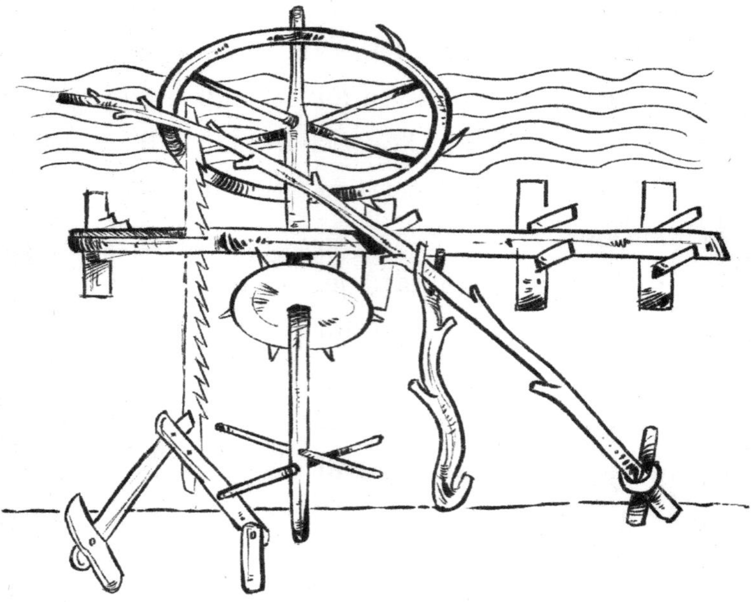

Scie dessinée par Guido

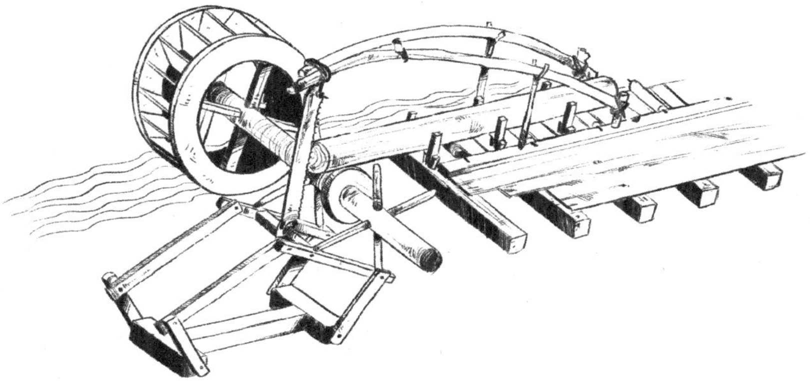

Scie dessinée par Baptiste

Les « têtes de feuilles »

Lexique

Accointance : accord
Alleutier : paysan libre
Aubier : partie de l'arbre sous l'écorce
Bastir : bâtir
Bastonner : battre
Bessons : jumeaux
Biaude : tunique de toile
Bien vaigniez : bienvenue
Biseau : outil à lame en biais
Bliaud : tunique à manches longues
Braies : ancêtre du pantalon
Bure : tissu rêche épais
Carrier : ouvrier à la carrière
Castel : château
Chanvre : plante dont les fibres tissées font des cordes
Charroi : charrette à chevaux
Châssis : armature, squelette d'une machine
Châtelet : bâtiment au-dessus du pont-levis
Chesne : chêne
Cheville : petite pièce de bois
Cognée : grande hache de bûcheron
Connaistre : connaître
Corde à treize nœuds : moyen de calcul pour figures géométriques

Coudonc : expression québécoise
Damoiseau : jeune homme
Damoiselle : demoiselle
Départoir : outil pour séparer les planches
Duramen : cœur de l'arbre
Doloire : hachette tranchante
Empoindre : attaquer
Épures : tracés de plans
Équalité : égalité
Esbaudir : s'amuser
Essarter : défricher
Estre : être
Fillot, fillotte : fils et fille
Fonte : sac de cuir accroché à une selle
Frapper d'estoc : frapper de la pointe de l'épée
Frapper de taille : frapper du plat de l'épée
Fun : amusant (au Québec)
Gueuse : fille du peuple
Herminette : petite hache pour arracher l'écorce
Heuse : ancêtre de la botte
Homme preux : homme honnête comme un chevalier
Huchier : menuisier qui fait des huches, des coffres
Icitte : ici
Icône : 1/ peinture religieuse ; 2/ en informatique, image pour un fichier, un logiciel
Jouvenceau : jeune homme
Jouvencelle : jeune fille
Jute : plante qui donne des fibres de tissage

Lanterner : attendre
Maille : plus petite monnaie du Moyen Âge
Maillet : marteau en bois
Maistre : maître
Merdaille : juron du Moyen Âge
Meule charbonnière : four à charbon de bois
Moufle : poulie en bois
Nenni : non
Nostre : notre
Occire : tuer
Pantographe : assemblage d'éléments articulés
Pige : bâton gradué en pouce, paume, pied, coudée
Poterne : entrée secrète dans une muraille
Puisaye : région de Guédelon
Quachié : caché
Retable : ensemble articulé de panneaux de bois peints
Ribaude : fille du peuple
Roue à aubes : roue avec pales de bois qui tourne dans l'eau
Se fourvoyer : s'égarer se perdre
Taillable et corvéable à merci : travailler continuellement
Taille, cent, champart : impôts du Moyen Âge
Tavaillon : tuile de bois
Vesture : vêtement
Vostre : votre
Vousloir : vouloir
Vue en éclaté : vue avec tous les éléments en perspective

Remerciements à toute l'équipe de Direction et aux œuvriers de Guédelon pour l'aide précieuse qu'ils ont apportée à ces Aventures.

Sommaire

L'auteur

Danielle Martinigol a publié quarante romans pour la jeunesse en suivant sa règle des trois A : amour, aventure, ailleurs. Diplômée de l'université de Dijon sur les littératures de l'imaginaire, elle a enseigné comme professeur de Lettres jusqu'en 2009. Pour ses enfants et ses élèves, elle a écrit son premier roman *L'Or bleu* sur l'avenir de l'eau. Elle est aussi l'auteur de *Kerri et Mégane Les Mange-forêts* avec Alain Grousset sous le nom de Kim Aldany. *Les Oubliés de Vulcain*, le plus primé de ses romans, traite de la gestion de nos déchets au futur. Depuis sa première visite du château de Guédelon en 2004, elle rêvait d'y faire évoluer des personnages. Pour écrire les Aventures à Guédelon, elle a travaillé comme « bâtisseur » sur le chantier. Une expérience unique, dit-elle, de voyage dans le temps !

Site : www.martinigol.fr

L'illustratrice

Née le 1er septembre 1979, Elvire De Cock a étudié la bande dessinée à l'ESA Saint-Luc de Bruxelles après un détour par sa section architecture. En 2006 (*L'Exode*) et 2008 (*L'Héritage*), elle assure le dessin et les couleurs de la série *Tir Nan* Og (Humanoïdes Associés) sur un scénario de Fabrice Colin. Puis en 2015, sort chez Dupuis, *L'Héritage des Taironas*, grande aventure historique et romanesque, avec Stéphane Beauverger et François de Ruquerie au scénario.

Dessinatrice, illustratrice, coloriste, graphiste – « parfois humble raconteuse d'histoire aussi » –, elle collabore à une variété de projets, n'hésitant pas à sortir de l'univers BD pour assurer des couvertures de romans, de magazines et même des vitraux.

Site : http://kokoahouse.wordpress.com

Loi n° 49-956 du 16 juillet 1949 sur les publications destinées à la jeunesse.

Imprimé en France par CPI en août 2021
N° d'impression : 165726

Dépôt légal : mai 2016